Rois I

La Bible

Rois I.1

1. Le roi David était vieux, avancé en âge ; on le couvrait de vêtements, et il ne pouvait se réchauffer.

2. Ses serviteurs lui dirent : Que l'on cherche pour mon seigneur le roi une jeune fille vierge ; qu'elle se tienne devant le roi, qu'elle le soigne, et qu'elle couche dans son sein ; et mon seigneur le roi se réchauffera.

3. On chercha dans tout le territoire d'Israël une fille jeune et belle, et on trouva Abischag, la Sunamite, que l'on conduisit auprès du roi.

4. Cette jeune fille était fort belle. Elle soigna le roi, et le servit ; mais le roi ne la connut point.

5. Adonija, fils de Haggith, se laissa emporter par l'orgueil jusqu'à dire : C'est moi qui serai roi ! Et il se procura un char et des cavaliers, et cinquante hommes qui couraient devant lui.

6. Son père ne lui avait de sa vie fait un reproche, en lui disant : Pourquoi agis-tu ainsi ? Adonija était, en outre, très beau de figure, et il était né après Absalom.

7. Il eut un entretien avec Joab, fils de Tseruja, et avec le sacrificateur Abiathar ; et ils embrassèrent son parti.

8. Mais le sacrificateur Tsadok, Benaja, fils de Jehojada, Nathan le prophète, Schimeï, Réï, et les vaillants hommes de David, ne furent point avec Adonija.

9. Adonija tua des brebis, des boeufs et des veaux gras, près de la pierre de Zohéleth, qui est à côté d'En Roguel ; et il invita tous ses frères, fils du roi, et tous les hommes de Juda au service du roi.

10. Mais il n'invita point Nathan le prophète, ni Benaja, ni les vaillants hommes, ni Salomon, son frère.

11. Alors Nathan dit à Bath Schéba, mère de Salomon : N'as-tu pas appris qu'Adonija, fils de Haggith, est devenu roi, sans que notre seigneur David le sache ?

12. Viens donc maintenant, je te donnerai un conseil, afin que tu sauves ta vie et la vie de ton fils Salomon.

13. Va, entre chez le roi David, et dis-lui : O roi mon seigneur, n'as-tu pas juré à ta servante, en disant : Salomon, ton fils, régnera après moi, et il s'assiéra sur mon trône ? Pourquoi donc Adonija règne-t-il ?

14. Et voici, pendant que tu parleras là avec le roi, j'entrerai moi-même après toi, et je compléterai tes paroles.

15. Bath Schéba se rendit dans la chambre du roi. Il était très vieux ; et Abischag, la Sunamite, le servait.

16. Bath Schéba s'inclina et se prosterna devant le roi. Et le roi dit : Qu'as-tu ?

17. Elle lui répondit : Mon seigneur, tu as juré à ta servante par l'Éternel, ton Dieu, en disant : Salomon, ton fils, régnera après moi, et il s'assiéra sur mon trône.

18. Et maintenant voici, Adonija règne ! Et tu ne le sais pas, ô roi mon seigneur !

19. Il a tué des boeufs, des veaux gras et des brebis en quantité ; et il a invité tous les fils du roi, le sacrificateur Abiathar, et Joab, chef de l'armée, mais il n'a point invité Salomon, ton serviteur.

20. O roi mon seigneur, tout Israël a les yeux sur toi, pour que tu lui fasses connaître qui s'assiéra sur le trône du roi mon seigneur après lui.

21. Et lorsque le roi mon seigneur sera couché avec ses pères, il arrivera que moi et mon fils Salomon nous serons traités comme des coupables.

22. Tandis qu'elle parlait encore avec le roi, voici, Nathan le prophète arriva.

23. On l'annonça au roi, en disant : Voici Nathan le prophète ! Il entra en présence du roi, et se prosterna devant le roi, le visage contre terre.

24. Et Nathan dit : O roi mon seigneur, c'est donc toi qui as dit :

Adonija régnera après moi, et il s'assiéra sur mon trône !

25. Car il est descendu aujourd'hui, il a tué des boeufs, des veaux gras et des brebis en quantité ; et il a invité tous les fils du roi, les chefs de l'armée, et le sacrificateur Abiathar. Et voici, ils mangent et boivent devant lui, et ils disent : Vive le roi Adonija !

26. Mais il n'a invité ni moi qui suis ton serviteur, ni le sacrificateur Tsadok, ni Benaja, fils de Jehojada, ni Salomon, ton serviteur.

27. Est-ce bien par ordre de mon seigneur le roi que cette chose a lieu, et sans que tu aies fait connaître à ton serviteur qui doit s'asseoir sur le trône du roi mon seigneur après lui ?

28. Le roi David répondit : Appelez-moi Bath Schéba. Elle entra, et se présenta devant le roi.

29. Et le roi jura, et dit : L'Éternel qui m'a délivré de toutes les détresses est vivant !

30. Ainsi que je te l'ai juré par l'Éternel, le Dieu d'Israël, en disant : Salomon, ton fils, régnera après moi, et il s'assiéra sur mon trône à ma place, -ainsi ferai-je aujourd'hui.

31. Bath Schéba s'inclina le visage contre terre, et se prosterna devant le roi. Et elle dit : Vive à jamais mon seigneur le roi David !

32. Le roi David dit : Appelez-moi le sacrificateur Tsadok, Nathan le prophète, et Benaja, fils de Jehojada. Ils entrèrent en présence du roi.

33. Et le roi leur dit : Prenez avec vous les serviteurs de votre maître, faites monter Salomon, mon fils, sur ma mule, et faites-le descendre à Guihon.

34. Là, le sacrificateur Tsadok et Nathan le prophète l'oindront pour roi sur Israël. Vous sonnerez de la trompette, et vous direz : Vive le roi Salomon !

35. Vous monterez après lui ; il viendra s'asseoir sur mon trône, et il régnera à ma place. C'est lui qui, par mon ordre, sera chef d'Israël et de Juda.

36. Benaja, fils de Jehojada, répondit au roi : Amen ! Ainsi dise l'Éternel, le Dieu de mon seigneur le roi !

37. Que l'Éternel soit avec Salomon comme il a été avec mon seigneur le roi, et qu'il élève son trône au-dessus du trône de mon seigneur le roi David !

38. Alors le sacrificateur Tsadok descendit avec Nathan le prophète, Benaja, fils de Jehojada, les Kéréthiens et les Péléthiens ; ils firent monter Salomon sur la mule du roi David, et ils le menèrent à Guihon.

39. Le sacrificateur Tsadok prit la corne d'huile dans la tente, et il oignit Salomon. On sonna de la trompette, et tout le peuple dit : Vive le roi Salomon !

40. Tout le peuple monta après lui, et le peuple jouait de la flûte et se livrait à une grande joie ; la terre s'ébranlait par leurs cris.

41. Ce bruit fut entendu d'Adonija et de tous les conviés qui étaient avec lui, au moment où ils finissaient de manger. Joab, entendant le son de la trompette, dit : Pourquoi ce bruit de la ville en tumulte ?

42. Il parlait encore lorsque Jonathan, fils du sacrificateur Abiathar, arriva. Et Adonija dit : Approche, car tu es un vaillant homme, et tu apportes de bonnes nouvelles.

43. Oui ! répondit Jonathan à Adonija, notre seigneur le roi David a fait Salomon roi.

44. Il a envoyé avec lui le sacrificateur Tsadok, Nathan le prophète, Benaja, fils de Jehojada, les Kéréthiens et les Péléthiens, et ils l'ont fait monter sur la mule du roi.

45. Le sacrificateur Tsadok et Nathan le prophète l'ont oint pour roi à Guihon. De là ils sont remontés en se livrant à la joie, et la ville a été émue : c'est là le bruit que vous avez entendu.

46. Salomon s'est même assis sur le trône royal.

47. Et les serviteurs du roi sont venus pour bénir notre seigneur le roi David, en disant : Que ton Dieu rende le nom de Salomon plus célèbre que ton nom, et qu'il élève son trône au-dessus de ton trône ! Et le roi s'est prosterné sur son lit.

48. Voici encore ce qu'a dit le roi : Béni soit l'Éternel, le Dieu d'Israël, qui m'a donné aujourd'hui un successeur sur mon trône, et qui m'a permis de le voir !

49. Tous les conviés d'Adonija furent saisis d'épouvante ; ils se levèrent et s'en allèrent chacun de son côté.

50. Adonija eut peur de Salomon ; il se leva aussi, s'en alla, et saisit les cornes de l'autel.

51. On vint dire à Salomon : Voici, Adonija a peur du roi Salomon, et il a saisi les cornes de l'autel, en disant : Que le roi Salomon me jure aujourd'hui qu'il ne fera point mourir son serviteur par l'épée !

52. Salomon dit : S'il se montre un honnête homme, il ne tombera pas à terre un de ses cheveux ; mais s'il se trouve en lui de la méchanceté, il mourra.

53. Et le roi Salomon envoya des gens, qui le firent descendre de l'autel. Il vint se prosterner devant le roi Salomon, et Salomon lui dit : Va dans ta maison.

Rois I.2

1. David approchait du moment de sa mort, et il donna ses ordres à Salomon, son fils, en disant :

2. Je m'en vais par le chemin de toute la terre. Fortifie-toi, et sois un homme !

3. Observe les commandements de l'Éternel, ton Dieu, en marchant dans ses voies, et en gardant ses lois, ses ordonnances, ses jugements et ses préceptes, selon ce qui est écrit dans la loi de Moïse, afin que tu réussisses dans tout ce que tu feras et partout où tu te tourneras,

4. et afin que l'Éternel accomplisse cette parole qu'il a prononcée sur moi : Si tes fils prennent garde à leur voie, en marchant avec fidélité devant moi, de tout leur coeur, et de toute leur âme, tu ne manqueras jamais d'un successeur sur le trône d'Israël.

5. Tu sais ce que m'a fait Joab, fils de Tseruja, ce qu'il a fait à deux chefs de l'armée d'Israël, à Abner, fils de Ner, et à Amassa, fils de Jéther. Il les a tués ; il a versé pendant la paix le sang de la guerre, et il a mis le sang de la guerre sur la ceinture qu'il avait aux reins et sur la chaussure qu'il avait aux pieds.

6. Tu agiras selon ta sagesse, et tu ne laisseras pas ses cheveux blancs descendre en paix dans le séjour des morts.

7. Tu traiteras avec bienveillance les fils de Barzillaï, le Galaadite, et ils seront de ceux qui se nourrissent de ta table ; car ils ont agi de la même manière à mon égard, en venant au-devant de moi lorsque je fuyais Absalom, ton frère.

8. Voici, tu as près de toi Schimeï, fils de Guéra, Benjamite, de Bachurim. Il a prononcé contre moi des malédictions violentes le

jour où j'allais à Mahanaïm. Mais il descendit à ma rencontre vers le Jourdain, et je lui jurai par l'Éternel, en disant : Je ne te ferai point mourir par l'épée.

9. Maintenant, tu ne le laisseras pas impuni ; car tu es un homme sage, et tu sais comment tu dois le traiter. Tu feras descendre ensanglantés ses cheveux blancs dans le séjour des morts.

10. David se coucha avec ses pères, et il fut enterré dans la ville de David.

11. Le temps que David régna sur Israël fut de quarante ans : à Hébron il régna sept ans, et à Jérusalem il régna trente-trois ans.

12. Salomon s'assit sur le trône de David, son père, et son règne fut très affermi.

13. Adonija, fils de Haggith, alla vers Bath Schéba, mère de Salomon. Elle lui dit : Viens-tu dans des intentions paisibles ? Il répondit : Oui.

14. Et il ajouta : J'ai un mot à te dire. Elle dit : Parle !

15. Et il dit : Tu sais que la royauté m'appartenait, et que tout Israël portait ses regards sur moi pour me faire régner. Mais la royauté a tourné, et elle est échue à mon frère, parce que l'Éternel la lui a donnée.

16. Maintenant, je te demande une chose : ne me la refuse pas ! Elle lui répondit : Parle !

17. Et il dit : Dis, je te prie, au roi Salomon-car il ne te le refusera pas-qu'il me donne pour femme Abischag, la Sunamite.

18. Bath Schéba dit : Bien ! je parlerai pour toi au roi.

19. Bath Schéba se rendit auprès du roi Salomon, pour lui parler en faveur d'Adonija. Le roi se leva pour aller à sa rencontre, il se prosterna devant elle, et il s'assit sur son trône. On plaça un siège pour la mère du roi, et elle s'assit à sa droite.

20. Puis elle dit : J'ai une petite demande à te faire : ne me la refuse pas ! Et le roi lui dit : Demande, ma mère, car je ne te refuserai pas.

21. Elle dit : Qu'Abischag, la Sunamite, soit donnée pour femme à Adonija, ton frère.

22. Le roi Salomon répondit à sa mère : Pourquoi demandes-tu Abischag, la Sunamite, pour Adonija ? Demande donc la royauté

pour lui, -car il est mon frère aîné, -pour lui, pour le sacrificateur Abiathar, et pour Joab, fils de Tseruja !

23. Alors le roi Salomon jura par l'Éternel, en disant : Que Dieu me traite dans toute sa rigueur, si ce n'est pas au prix de sa vie qu'Adonija a prononcé cette parole !

24. Maintenant, l'Éternel est vivant, lui qui m'a affermi et m'a fait asseoir sur le trône de David, mon père, et qui m'a fait une maison selon sa promesse ! aujourd'hui Adonija mourra.

25. Et le roi Salomon envoya Benaja, fils de Jehojada, qui le frappa ; et Adonija mourut.

26. Le roi dit ensuite au sacrificateur Abiathar : Va-t'en à Anathoth dans tes terres, car tu mérites la mort ; mais je ne te ferai pas mourir aujourd'hui, parce que tu as porté l'arche du Seigneur l'Éternel devant David, mon père, et parce que tu as eu part à toutes les souffrances de mon père.

27. Ainsi Salomon dépouilla Abiathar de ses fonctions de sacrificateur de l'Éternel, afin d'accomplir la parole que l'Éternel avait prononcée sur la maison d'Éli à Silo.

28. Le bruit en parvint à Joab, qui avait suivi le parti d'Adonija, quoiqu'il n'eût pas suivi le parti d'Absalom. Et Joab se réfugia vers la tente de l'Éternel, et saisit les cornes de l'autel.

29. On annonça au roi Salomon que Joab s'était réfugié vers la tente de l'Éternel, et qu'il était auprès de l'autel. Et Salomon envoya Benaja, fils de Jehojada, en lui disant : Va, frappe-le.

30. Benaja arriva à la tente de l'Éternel, et dit à Joab : Sors ! c'est le roi qui l'ordonne. Mais il répondit : Non ! je veux mourir ici. Benaja rapporta la chose au roi, en disant : C'est ainsi qu'a parlé Joab, et c'est ainsi qu'il m'a répondu.

31. Le roi dit à Benaja : Fais comme il a dit, frappe-le, et enterre-le ; tu ôteras ainsi de dessus moi et de dessus la maison de mon père le sang que Joab a répandu sans cause.

32. L'Éternel fera retomber son sang sur sa tête, parce qu'il a frappé deux hommes plus justes et meilleurs que lui et les a tués par l'épée, sans que mon père David le sût : Abner, fils de Ner, chef de l'armée d'Israël, et Amasa, fils de Jéther, chef de l'armée de Juda.

33. Leur sang retombera sur la tête de Joab et sur la tête de ses descendants à perpétuité ; mais il y aura paix à toujours, de par l'Éternel, pour David, pour sa postérité, pour sa maison et pour son trône.

34. Benaja, fils de Jehojada, monta, frappa Joab, et le fit mourir. Il fut enterré dans sa maison, au désert.

35. Le roi mit à la tête de l'armée Benaja, fils de Jehojada, en remplacement de Joab, et il mit le sacrificateur Tsadok à la place d'Abiathar.

36. Le roi fit appeler Schimeï, et lui dit : Bâtis-toi une maison à Jérusalem ; tu y demeureras, et tu n'en sortiras point pour aller de côté ou d'autre.

37. Sache bien que tu mourras le jour où tu sortiras et passeras le torrent de Cédron ; ton sang sera sur ta tête.

38. Schimeï répondit au roi : C'est bien ! ton serviteur fera ce que dit mon seigneur le roi. Et Schimeï demeura longtemps à Jérusalem.

39. Au bout de trois ans, il arriva que deux serviteurs de Schimeï s'enfuirent chez Akisch, fils de Maaca, roi de Gath. On le rapporta à Schimeï, en disant : Voici, tes serviteurs sont à Gath.

40. Schimeï se leva, sella son âne, et s'en alla à Gath chez Akisch pour chercher ses serviteurs. Schimeï donc s'en alla, et il ramena de Gath ses serviteurs.

41. On informa Salomon que Schimeï était allé de Jérusalem à Gath, et qu'il était de retour.

42. Le roi fit appeler Schimeï, et lui dit : Ne t'avais-je pas fait jurer par l'Éternel, et ne t'avais-je pas fait cette déclaration formelle : Sache bien que tu mourras le jour où tu sortiras pour aller de côté ou d'autre ? Et ne m'as-tu pas répondu : C'est bien ! j'ai entendu ?

43. Pourquoi donc n'as-tu pas observé le serment de l'Éternel et l'ordre que je t'avais donné ?

44. Et le roi dit à Schimeï : Tu sais au dedans de ton coeur tout le mal que tu as fait à David, mon père ; l'Éternel fait retomber ta méchanceté sur ta tête.

45. Mais le roi Salomon sera béni, et le trône de David sera pour

toujours affermi devant l'Éternel.

46. Et le roi donna ses ordres à Benaja, fils de Jehojada, qui sortit et frappa Schimeï ; et Schimeï mourut. La royauté fut ainsi affermie entre les mains de Salomon.

Rois I.3

1. Salomon s'allia par mariage avec Pharaon, roi d'Égypte. Il prit pour femme la fille de Pharaon, et il l'amena dans la ville de David, jusqu'à ce qu'il eût achevé de bâtir sa maison, la maison de l'Éternel, et le mur d'enceinte de Jérusalem.

2. Le peuple ne sacrifiait que sur les hauts lieux, car jusqu'à cette époque il n'avait point été bâti de maison au nom de l'Éternel.

3. Salomon aimait l'Éternel, et suivait les coutumes de David, son père. Seulement c'était sur les hauts lieux qu'il offrait des sacrifices et des parfums.

4. Le roi se rendit à Gabaon pour y sacrifier, car c'était le principal des hauts lieux. Salomon offrit mille holocaustes sur l'autel.

5. A Gabaon, l'Éternel apparut en songe à Salomon pendant la nuit, et Dieu lui dit : Demande ce que tu veux que je te donne.

6. Salomon répondit : Tu as traité avec une grande bienveillance ton serviteur David, mon père, parce qu'il marchait en ta présence dans la fidélité, dans la justice, et dans la droiture de coeur envers toi ; tu lui as conservé cette grande bienveillance, et tu lui as donné un fils qui est assis sur son trône, comme on le voit aujourd'hui.

7. Maintenant, Éternel mon Dieu, tu as fait régner ton serviteur à la place de David, mon père ; et moi je ne suis qu'un jeune homme, je n'ai point d'expérience.

8. Ton serviteur est au milieu du peuple que tu as choisi, peuple immense, qui ne peut être ni compté ni nombré, à cause de sa multitude.

9. Accorde donc à ton serviteur un coeur intelligent pour juger ton

peuple, pour discerner le bien du mal ! Car qui pourrait juger ton peuple, ce peuple si nombreux ?

10. Cette demande de Salomon plut au Seigneur.

11. Et Dieu lui dit : Puisque c'est là ce que tu demandes, puisque tu ne demandes pour toi ni une longue vie, ni les richesses, ni la mort de tes ennemis, et que tu demandes de l'intelligence pour exercer la justice,

12. voici, j'agirai selon ta parole. Je te donnerai un coeur sage et intelligent, de telle sorte qu'il n'y aura eu personne avant toi et qu'on ne verra jamais personne de semblable à toi.

13. Je te donnerai, en outre, ce que tu n'as pas demandé, des richesses et de la gloire, de telle sorte qu'il n'y aura pendant toute ta vie aucun roi qui soit ton pareil.

14. Et si tu marches dans mes voies, en observant mes lois et mes commandements, comme l'a fait David, ton père, je prolongerai tes jours.

15. Salomon s'éveilla. Et voilà le songe. Salomon revint à Jérusalem, et se présenta devant l'arche de l'alliance de l'Éternel. Il offrit des holocaustes et des sacrifices d'actions de grâces, et il fit un festin à tous ses serviteurs.

16. Alors deux femmes prostituées vinrent chez le roi, et se présentèrent devant lui.

17. L'une des femmes dit : Pardon ! mon seigneur, moi et cette femme nous demeurions dans la même maison, et je suis accouché près d'elle dans la maison.

18. Trois jours après, cette femme est aussi accouché. Nous habitions ensemble, aucun étranger n'était avec nous dans la maison, il n'y avait que nous deux.

19. Le fils de cette femme est mort pendant la nuit, parce qu'elle s'était couchée sur lui.

20. Elle s'est levée au milieu de la nuit, elle a pris mon fils à mes côtés tandis que ta servante dormait, et elle l'a couché dans son sein ; et son fils qui était mort, elle l'a couché dans mon sein.

21. Le matin, je me suis levée pour allaiter mon fils ; et voici, il était mort. Je l'ai regardé attentivement le matin ; et voici, ce n'était pas

mon fils que j'avais enfanté.

22. L'autre femme dit : Au contraire ! c'est mon fils qui est vivant, et c'est ton fils qui est mort. Mais la première répliqua : Nullement ! C'est ton fils qui est mort, et c'est mon fils qui est vivant. C'est ainsi qu'elles parlèrent devant le roi.

23. Le roi dit : L'une dit : C'est mon fils qui est vivant, et c'est ton fils qui est mort ; et l'autre dit : Nullement ! c'est ton fils qui est mort, et c'est mon fils qui est vivant.

24. Puis il ajouta : Apportez-moi une épée. On apporta une épée devant le roi.

25. Et le roi dit : Coupez en deux l'enfant qui vit, et donnez-en la moitié à l'une et la moitié à l'autre.

26. Alors la femme dont le fils était vivant sentit ses entrailles s'émouvoir pour son fils, et elle dit au roi : Ah ! mon seigneur, donnez-lui l'enfant qui vit, et ne le faites point mourir. Mais l'autre dit : Il ne sera ni à moi ni à toi ; coupez-le !

27. Et le roi, prenant la parole, dit : Donnez à la première l'enfant qui vit, et ne le faites point mourir. C'est elle qui est sa mère.

28. Tout Israël apprit le jugement que le roi avait prononcé. Et l'on craignit le roi, car on vit que la sagesse de Dieu était en lui pour le diriger dans ses jugements.

Rois I.4

1. Le roi Salomon était roi sur tout Israël.
2. Voici les chefs qu'il avait à son service. Azaria, fils du sacrificateur Tsadok,
3. Elihoreph et Achija, fils de Schischa, étaient secrétaires ; Josaphat, fils d'Achilud, était archiviste ;
4. Benaja, fils de Jehojada, commandait l'armée ; Tsadok et Abiathar étaient sacrificateurs ;
5. Azaria, fils de Nathan, était chef des intendants ; Zabud, fils de Nathan, était ministre d'état, favori du roi ;
6. Achischar était chef de la maison du roi ; et Adoniram, fils d'Abda, était préposé sur les impôts.
7. Salomon avait douze intendants sur tout Israël. Ils pourvoyaient à l'entretien du roi et de sa maison, chacun pendant un mois de l'année.
8. Voici leurs noms. Le fils de Hur, dans la montagne d'Éphraïm.
9. Le fils de Déker, à Makats, à Saalbim, à Beth Schémesch, à Élon et à Beth Hanan.
10. Le fils de Hésed, à Arubboth ; il avait Soco et tout le pays de Hépher.
11. Le fils d'Abinadab avait toute la contrée de Dor. Thaphath, fille de Salomon, était sa femme.
12. Baana, fils d'Achilud, avait Thaanac et Meguiddo, et tout Beth Schean qui est près de Tsarthan au-dessous de Jizreel, depuis Beth Schean jusqu'à Abel Mehola, jusqu'au delà de Jokmeam.
13. Le fils de Guéber, à Ramoth en Galaad ; il avait les bourgs de Jaïr, fils de Manassé, en Galaad ; il avait encore la contrée d'Argob en Basan, soixante grandes villes à murailles et à barres d'airain.

14. Achinadab, fils d'Iddo, à Mahanaïm.

15. Achimaats, en Nephthali. Il avait pris pour femme Basmath, fille de Salomon.

16. Baana, fils de Huschaï, en Aser et à Bealoth.

17. Josaphat, fils de Paruach, en Issacar.

18. Schimeï, fils d'Éla, en Benjamin.

19. Guéber, fils d'Uri, dans le pays de Galaad ; il avait la contrée de Sihon, roi des Amoréens, et d'Og, roi de Basan. Il y avait un seul intendant pour ce pays.

20. Juda et Israël étaient très nombreux, pareils au sable qui est sur le bord de la mer. Ils mangeaient, buvaient et se réjouissaient.

21. Salomon dominait encore sur tous les royaumes depuis le fleuve jusqu'au pays des Philistins et jusqu'à la frontière d'Égypte ; ils apportaient des présents, et ils furent assujettis à Salomon tout le temps de sa vie.

22. Chaque jour Salomon consommait en vivres : trente cors de fleur de farine et soixante cors de farine,

23. dix boeufs gras, vingt boeufs de pâturage, et cent brebis, outre les cerfs, les gazelles, les daims, et les volailles engraissées.

24. Il dominait sur tout le pays de l'autre côté du fleuve, depuis Thiphsasch jusqu'à Gaza, sur tous les rois de l'autre côté du fleuve. Et il avait la paix de tous les côtés alentour.

25. Juda et Israël, depuis Dan jusqu'à Beer Schéba, habitèrent en sécurité, chacun sous sa vigne et sous son figuier, tout le temps de Salomon.

26. Salomon avait quarante mille crèches pour les chevaux destinés à ses chars, et douze mille cavaliers.

27. Les intendants pourvoyaient à l'entretien du roi Salomon et de tous ceux qui s'approchaient de sa table, chacun pendant son mois ; ils ne laissaient manquer de rien.

28. Ils faisaient aussi venir de l'orge et de la paille pour les chevaux et les coursiers dans le lieu où se trouvait le roi, chacun selon les ordres qu'il avait reçus.

29. Dieu donna à Salomon de la sagesse, une très grande intelligence,

et des connaissances multipliées comme le sable qui est au bord de la mer.

30. La sagesse de Salomon surpassait la sagesse de tous les fils de l'Orient et toute la sagesse des Égyptiens.

31. Il était plus sage qu'aucun homme, plus qu'Éthan, l'Ézrachite, plus qu'Héman, Calcol et Darda, les fils de Machol ; et sa renommée était répandue parmi toutes les nations d'alentour.

32. Il a prononcé trois mille sentences, et composé mille cinq cantiques.

33. Il a parlé sur les arbres, depuis le cèdre du Liban jusqu'à l'hysope qui sort de la muraille ; il a aussi parlé sur les animaux, sur les oiseaux, sur les reptiles et sur les poissons.

34. Il venait des gens de tous les peuples pour entendre la sagesse de Salomon, de la part de tous les rois de la terre qui avaient entendu parler de sa sagesse.

Rois I.5

1. Hiram, roi de Tyr, envoya ses serviteurs vers Salomon, car il apprit qu'on l'avait oint pour roi à la place de son père, et il avait toujours aimé David.

2. Salomon fit dire à Hiram :

3. Tu sais que David, mon père, n'a pas pu bâtir une maison à l'Éternel, son Dieu, à cause des guerres dont ses ennemis l'ont enveloppé jusqu'à ce que l'Éternel les eût mis sous la plante de ses pieds.

4. Maintenant l'Éternel, mon Dieu, m'a donné du repos de toutes parts ; plus d'adversaires, plus de calamités !

5. Voici, j'ai l'intention de bâtir une maison au nom de l'Éternel, mon Dieu, comme l'Éternel l'a déclaré à David, mon père, en disant : Ton fils que je mettrai à ta place sur ton trône, ce sera lui qui bâtira une maison à mon nom.

6. Ordonne maintenant que l'on coupe pour moi des cèdres du Liban. Mes serviteurs seront avec les tiens, et je te paierai le salaire de tes serviteurs tel que tu l'auras fixé ; car tu sais qu'il n'y a personne parmi nous qui s'entende à couper les bois comme les Sidoniens.

7. Lorsqu'il entendit les paroles de Salomon, Hiram eut une grande joie, et il dit : Béni soit aujourd'hui l'Éternel, qui a donné à David un fils sage pour chef de ce grand peuple !

8. Et Hiram fit répondre à Salomon : J'ai entendu ce que tu m'as envoyé dire. Je ferai tout ce qui te plaira au sujet des bois de cèdre et des bois de cyprès.

9. Mes serviteurs les descendront du Liban à la mer, et je les expédierai par mer en radeaux jusqu'au lieu que tu m'indiqueras ; là,

je les ferai délier, et tu les prendras. Ce que je désire en retour, c'est que tu fournisses des vivres à ma maison.

10. Hiram donna à Salomon des bois de cèdre et des bois de cyprès autant qu'il en voulut.
11. Et Salomon donna à Hiram vingt mille cors de froment pour l'entretien de sa maison et vingt cors d'huile d'olives concassées ; c'est ce que Salomon donna chaque année à Hiram.
12. L'Éternel donna de la sagesse à Salomon, comme il le lui avait promis. Et il y eut paix entre Hiram et Salomon, et ils firent alliance ensemble.
13. Le roi Salomon leva sur tout Israël des hommes de corvée ; ils étaient au nombre de trente mille.
14. Il les envoya au Liban, dix mille par mois alternativement ; ils étaient un mois au Liban, et deux mois chez eux. Adoniram était préposé sur les hommes de corvée.
15. Salomon avait encore soixante-dix mille hommes qui portaient les fardeaux et quatre-vingt mille qui taillaient les pierres dans la montagne,
16. sans compter les chefs, au nombre de trois mille trois cents, préposés par Salomon sur les travaux et chargés de surveiller les ouvriers.
17. Le roi ordonna d'extraire de grandes et magnifiques pierres de taille pour les fondements de la maison.
18. Les ouvriers de Salomon, ceux de Hiram, et les Guibliens, les taillèrent, et ils préparèrent les bois et les pierres pour bâtir la maison.

Rois I.6

1. Ce fut la quatre cent quatre-vingtième année après la sortie des enfants d'Israël du pays d'Égypte que Salomon bâtit la maison à l'Éternel, la quatrième année de son règne sur Israël, au mois de Ziv, qui est le second mois.

2. La maison que le roi Salomon bâtit à l'Éternel avait soixante coudées de longueur, vingt de largeur, et trente de hauteur.

3. Le portique devant le temple de la maison avait vingt coudées de longueur répondant à la largeur de la maison, et dix coudées de profondeur sur la face de la maison.

4. Le roi fit à la maison des fenêtres solidement grillées.

5. Il bâtit contre le mur de la maison des étages circulaires, qui entouraient les murs de la maison, le temple et le sanctuaire ; et il fit des chambres latérales tout autour.

6. L'étage inférieur était large de cinq coudées, celui du milieu de six coudées, et le troisième de sept coudées ; car il ménagea des retraites à la maison tout autour en dehors, afin que la charpente n'entrât pas dans les murs de la maison.

7. Lorsqu'on bâtit la maison, on se servit de pierres toutes taillées, et ni marteau, ni hache, ni aucun instrument de fer, ne furent entendus dans la maison pendant qu'on la construisait.

8. L'entrée des chambres de l'étage inférieur était au côté droit de la maison ; on montait à l'étage du milieu par un escalier tournant, et de l'étage du milieu au troisième.

9. Après avoir achevé de bâtir la maison, Salomon la couvrit de planches et de poutres de cèdre.

10. Il donna cinq coudées de hauteur à chacun des étages qui

entouraient toute la maison, et il les lia à la maison par des bois de cèdre.

11. L'Éternel adressa la parole à Salomon, et lui dit : Tu bâtis cette maison !

12. Si tu marches selon mes lois, si tu pratiques mes ordonnances, si tu observes et suis tous mes commandements, j'accomplirai à ton égard la promesse que j'ai faite à David, ton père,

13. j'habiterai au milieu des enfants d'Israël, et je n'abandonnerai point mon peuple d'Israël.

14. Après avoir achevé de bâtir la maison,

15. Salomon en revêtit intérieurement les murs de planches de cèdre, depuis le sol jusqu'au plafond ; il revêtit ainsi de bois l'intérieur, et il couvrit le sol de la maison de planches de cyprès.

16. Il revêtit de planches de cèdre les vingt coudées du fond de la maison, depuis le sol jusqu'au haut des murs, et il réserva cet espace pour en faire le sanctuaire, le lieu très saint.

17. Les quarante coudées sur le devant formaient la maison, c'est-à-dire le temple.

18. Le bois de cèdre à l'intérieur de la maison offrait des sculptures de coloquintes et de fleurs épanouies ; tout était de cèdre, on ne voyait aucune pierre.

19. Salomon établit le sanctuaire intérieurement au milieu de la maison, pour y placer l'arche de l'alliance de l'Éternel.

20. Le sanctuaire avait vingt coudées de longueur, vingt coudées de largeur, et vingt coudées de hauteur. Salomon le couvrit d'or pur. Il fit devant le sanctuaire un autel de bois de cèdre et le couvrit d'or.

21. Il couvrit d'or pur l'intérieur de la maison, et il fit passer le voile dans des chaînettes d'or devant le sanctuaire, qu'il couvrit d'or.

22. Il couvrit d'or toute la maison, la maison tout entière, et il couvrit d'or tout l'autel qui était devant le sanctuaire.

23. Il fit dans le sanctuaire deux chérubins de bois d'olivier sauvage, ayant dix coudées de hauteur.

24. Chacune des deux ailes de l'un des chérubins avait cinq coudées, ce qui faisait dix coudées de l'extrémité d'une de ses ailes à

l'extrémité de l'autre.

25. Le second chérubin avait aussi dix coudées. La mesure et la forme étaient les mêmes pour les deux chérubins.

26. La hauteur de chacun des deux chérubins était de dix coudées.

27. Salomon plaça les chérubins au milieu de la maison, dans l'intérieur. Leurs ailes étaient déployées : l'aile du premier touchait à l'un des murs, et l'aile du second touchait à l'autre mur ; et leurs autres ailes se rencontraient par l'extrémité au milieu de la maison.

28. Salomon couvrit d'or les chérubins.

29. Il fit sculpter sur tout le pourtour des murs de la maison, à l'intérieur et à l'extérieur, des chérubins, des palmes et des fleurs épanouies.

30. Il couvrit d'or le sol de la maison, à l'intérieur et à l'extérieur.

31. Il fit à l'entrée du sanctuaire une porte à deux battants, de bois d'olivier sauvage ; l'encadrement avec les poteaux équivalait à un cinquième du mur.

32. Les deux battants étaient de bois d'olivier sauvage. Il y fit sculpter des chérubins, des palmes et des fleurs épanouies, et il les couvrit d'or ; il étendit aussi l'or sur les chérubins et sur les palmes.

33. Il fit de même, pour la porte du temple, des poteaux de bois d'olivier sauvage, ayant le quart de la dimension du mur, et deux battants de bois de cyprès ;

34. chacun des battants était formé de deux planches brisées.

35. Il y fit sculpter des chérubins, des palmes et des fleurs épanouies, et il les couvrit d'or, qu'il étendit sur la sculpture.

36. Il bâtit le parvis intérieur de trois rangées de pierres de taille et d'une rangée de poutres de cèdre.

37. La quatrième année, au mois de Ziv, les fondements de la maison de l'Éternel furent posés ;

38. et la onzième année, au mois de Bul, qui est le huitième mois, la maison fut achevée dans toutes ses parties et telle qu'elle devait être. Salomon la construisit dans l'espace de sept ans.

Rois I.7

1. Salomon bâtit encore sa maison, ce qui dura treize ans jusqu'à ce qu'il l'eût entièrement achevée.

2. Il construisit d'abord la maison de la forêt du Liban, longue de cent coudées, large de cinquante coudées, et haute de trente coudées. Elle reposait sur quatre rangées de colonnes de cèdre, et il y avait des poutres de cèdre sur les colonnes.

3. On couvrit de cèdre les chambres qui portaient sur les colonnes et qui étaient au nombre de quarante-cinq, quinze par étage.

4. Il y avait trois étages, à chacun desquels se trouvaient des fenêtres les unes vis-à-vis des autres.

5. Toutes les portes et tous les poteaux étaient formés de poutres en carré ; et, à chacun des trois étages, les ouvertures étaient les unes vis-à-vis des autres.

6. Il fit le portique des colonnes, long de cinquante coudées et large de trente coudées, et un autre portique en avant avec des colonnes et des degrés sur leur front.

7. Il fit le portique du trône, où il rendait la justice, le portique du jugement ; et il le couvrit de cèdre, depuis le sol jusqu'au plafond.

8. Sa maison d'habitation fut construite de la même manière, dans une autre cour, derrière le portique. Et il fit une maison du même genre que ce portique pour la fille de Pharaon, qu'il avait prise pour femme.

9. Pour toutes ces constructions on employa de magnifiques pierres, taillées d'après des mesures, sciées avec la scie, intérieurement et extérieurement, et cela depuis les fondements jusqu'aux corniches, et en dehors jusqu'à la grande cour.

10. Les fondements étaient en pierres magnifiques et de grande dimension, en pierres de dix coudées et en pierres de huit coudées.

11. Au-dessus il y avait encore de magnifiques pierres, taillées d'après des mesures, et du bois de cèdre.

12. La grande cour avait dans tout son circuit trois rangées de pierres de taille et une rangée de poutres de cèdre, comme le parvis intérieur de la maison de l'Éternel, et comme le portique de la maison.

13. Le roi Salomon fit venir de Tyr Hiram,

14. fils d'une veuve de la tribu de Nephthali, et d'un père Tyrien, qui travaillait sur l'airain. Hiram était rempli de sagesse, d'intelligence, et de savoir pour faire toutes sortes d'ouvrages d'airain. Il arriva auprès du roi Salomon, et il exécuta tous ses ouvrages.

15. Il fit les deux colonnes d'airain. La première avait dix-huit coudées de hauteur, et un fil de douze coudées mesurait la circonférence de la seconde.

16. Il fondit deux chapiteaux d'airain, pour mettre sur les sommets des colonnes ; le premier avait cinq coudées de hauteur, et le second avait cinq coudées de hauteur.

17. Il fit des treillis en forme de réseaux, des festons façonnés en chaînettes, pour les chapiteaux qui étaient sur le sommet des colonnes, sept pour le premier chapiteau, et sept pour le second chapiteau.

18. Il fit deux rangs de grenades autour de l'un des treillis, pour couvrir le chapiteau qui était sur le sommet d'une des colonnes ; il fit de même pour le second chapiteau.

19. Les chapiteaux qui étaient sur le sommet des colonnes, dans le portique, figuraient des lis et avaient quatre coudées.

20. Les chapiteaux placés sur les deux colonnes étaient entourés de deux cents grenades, en haut, près du renflement qui était au delà du treillis ; il y avait aussi deux cents grenades rangées autour du second chapiteau.

21. Il dressa les colonnes dans le portique du temple ; il dressa la colonne de droite, et la nomma Jakin ; puis il dressa la colonne de gauche, et la nomma Boaz.

22. Il y avait sur le sommet des colonnes un travail figurant des lis. Ainsi fut achevé l'ouvrage des colonnes.

23. Il fit la mer de fonte. Elle avait dix coudées d'un bord à l'autre, une forme entièrement ronde, cinq coudées de hauteur, et une circonférence que mesurait un cordon de trente coudées.

24. Des coloquintes l'entouraient au-dessous de son bord, dix par coudées, faisant tout le tour de la mer ; les coloquintes, disposées sur deux rangs, étaient fondues avec elle en une seule pièce.

25. Elle était posée sur douze boeufs, dont trois tournés vers le nord, trois tournés vers l'occident, trois tournés vers le midi, et trois tournés vers l'orient ; la mer était sur eux, et toute la partie postérieure de leur corps était en dedans.

26. Son épaisseur était d'un palme ; et son bord, semblable au bord d'une coupe, était façonné en fleur de lis. Elle contenait deux mille baths.

27. Il fit les dix bases d'airain. Chacune avait quatre coudées de longueur, quatre coudées de largeur, et trois coudées de hauteur.

28. Voici en quoi consistaient ces bases. Elles étaient formées de panneaux, liés aux coins par des montants.

29. Sur les panneaux qui étaient entre les montants il y avait des lions, des boeufs et des chérubins ; et sur les montants, au-dessus comme au-dessous des lions et des boeufs, il y avait des ornements qui pendaient en festons.

30. Chaque base avait quatre roues d'airain avec des essieux d'airain ; et aux quatre angles étaient des consoles de fonte, au-dessous du bassin, et au delà des festons.

31. Le couronnement de la base offrait à son intérieur une ouverture avec un prolongement d'une coudée vers le haut ; cette ouverture était ronde, comme pour les ouvrages de ce genre, et elle avait une coudée et demie de largeur ; il s'y trouvait aussi des sculptures. Les panneaux étaient carrés, et non arrondis.

32. Les quatre roues étaient sous les panneaux, et les essieux des roues fixés à la base ; chacune avait une coudée et demie de hauteur.

33. Les roues étaient faites comme celles d'un char. Leurs essieux, leurs jantes, leurs rais et leurs moyeux, tout était de fonte.

34. Il y avait aux quatre angles de chaque base quatre consoles d'une même pièce que la base.

35. La partie supérieure de la base se terminait par un cercle d'une demi-coudée de hauteur, et elle avait ses appuis et ses panneaux de la même pièce.

36. Il grava sur les plaques des appuis, et sur les panneaux, des chérubins, des lions et des palmes, selon les espaces libres, et des guirlandes tout autour.

37. C'est ainsi qu'il fit les dix bases : la fonte, la mesure et la forme étaient les mêmes pour toutes.

38. Il fit dix bassins d'airain. Chaque bassin contenait quarante baths, chaque bassin avait quatre coudées, chaque bassin était sur l'une des dix bases.

39. Il plaça cinq bases sur le côté droit de la maison, et cinq bases sur le côté gauche de la maison ; et il plaça la mer du côté droit de la maison, au sud-est.

40. Hiram fit les cendriers, les pelles et les coupes. Ainsi Hiram acheva tout l'ouvrage que le roi Salomon lui fit faire pour la maison de l'Éternel ;

41. deux colonnes, avec les deux chapiteaux et leurs bourrelets sur le sommet des colonnes ; les deux treillis, pour couvrir les deux bourrelets des chapiteaux sur le sommet des colonnes ;

42. les quatre cents grenades pour les deux treillis, deux rangées de grenades par treillis, pour couvrir les deux bourrelets des chapiteaux sur le sommet des colonnes ;

43. les dix bases, et les dix bassins sur les bases ;

44. la mer, et les douze boeufs sous la mer ;

45. les cendriers, les pelles et les coupes. Tous ces ustensiles que le roi Salomon fit faire à Hiram pour la maison de l'Éternel étaient d'airain poli.

46. Le roi les fit fondre dans la plaine du Jourdain dans un sol argileux, entre Succoth et Tsarthan.

47. Salomon laissa tout ces ustensiles sans vérifier le poids de l'airain, parce qu'ils étaient en très grande quantité.

48. Salomon fit encore tous les autres ustensiles pour la maison de l'Éternel : l'autel d'or ; la table d'or, sur laquelle on mettait les pains de proposition ;

49. les chandeliers d'or pur, cinq à droite et cinq à gauche, devant le sanctuaire, avec les fleurs, les lampes et les mouchettes d'or ;

50. les bassins, les couteaux, les coupes, les tasses et les brasiers d'or pur ; et les gonds d'or pour la porte de l'intérieur de la maison à l'entrée du lieu très saint, et pour la porte de la maison à l'entrée du temple.

51. Ainsi fut achevé tout l'ouvrage que le roi Salomon fit pour la maison de l'Éternel. Puis il apporta l'argent, l'or et les ustensiles, que David, son père, avait consacrés, et il les mit dans les trésors de la maison de l'Éternel.

Rois I.8

1. Alors le roi Salomon assembla près de lui à Jérusalem les anciens d'Israël et tous les chefs des tribus, les chefs de famille des enfants d'Israël, pour transporter de la cité de David, qui est Sion, l'arche de l'alliance de l'Éternel.

2. Tous les hommes d'Israël se réunirent auprès du roi Salomon, au mois d'Éthanim, qui est le septième mois, pendant la fête.

3. Lorsque tous les anciens d'Israël furent arrivés, les sacrificateurs portèrent l'arche.

4. Ils transportèrent l'arche de l'Éternel, la tente d'assignation, et tous les ustensiles sacrés qui étaient dans la tente : ce furent les sacrificateurs et les Lévites qui les transportèrent.

5. Le roi Salomon et toute l'assemblée d'Israël convoquée auprès de lui se tinrent devant l'arche. Ils sacrifièrent des brebis et des boeufs, qui ne purent être ni comptés, ni nombrés, à cause de leur multitude.

6. Les sacrificateurs portèrent l'arche de l'alliance de l'Éternel à sa place, dans le sanctuaire de la maison, dans le lieu très saint, sous les ailes des chérubins.

7. Car les chérubins avaient les ailes étendues sur la place de l'arche, et ils couvraient l'arche et ses barres par-dessus.

8. On avait donné aux barres une longueur telle que leurs extrémités se voyaient du lieu saint devant le sanctuaire, mais ne se voyaient point du dehors. Elles ont été là jusqu'à ce jour.

9. Il n'y avait dans l'arche que les deux tables de pierre, que Moïse y déposa en Horeb, lorsque l'Éternel fit alliance avec les enfants d'Israël, à leur sortie du pays d'Égypte.

10. Au moment où les sacrificateurs sortirent du lieu saint, la nuée remplit la maison de l'Éternel.

11. Les sacrificateurs ne purent pas y rester pour faire le service, à cause de la nuée ; car la gloire de l'Éternel remplissait la maison de l'Éternel.

12. Alors Salomon dit : L'Éternel veut habiter dans l'obscurité !

13. J'ai bâti une maison qui sera ta demeure, un lieu où tu résideras éternellement !

14. Le roi tourna son visage, et bénit toute l'assemblée d'Israël ; et toute l'assemblée d'Israël était debout.

15. Et il dit : Béni soit l'Éternel, le Dieu d'Israël, qui a parlé de sa bouche à David, mon père, et qui accomplit par sa puissance ce qu'il avait déclaré en disant :

16. Depuis le jour où j'ai fait sortir d'Égypte mon peuple d'Israël, je n'ai point choisi de ville parmi toutes les tribus d'Israël pour qu'il y fût bâti une maison où résidât mon nom, mais j'ai choisi David pour qu'il régnât sur mon peuple d'Israël !

17. David, mon père, avait l'intention de bâtir une maison au nom de l'Éternel, le Dieu d'Israël.

18. Et l'Éternel dit à David, mon père : Puisque tu as eu l'intention de bâtir une maison à mon nom, tu as bien fait d'avoir eu cette intention.

19. Seulement, ce ne sera pas toi qui bâtiras la maison ; mais ce sera ton fils, sorti de tes entrailles, qui bâtira la maison à mon nom.

20. L'Éternel a accompli la parole qu'il avait prononcée. Je me suis élevé à la place de David, mon père, et je me suis assis sur le trône d'Israël, comme l'avait annoncé l'Éternel, et j'ai bâti la maison au nom de l'Éternel, le Dieu d'Israël.

21. J'y ai disposé un lieu pour l'arche où est l'alliance de l'Éternel, l'alliance qu'il a faite avec nos pères quand il les fit sortir du pays d'Égypte.

22. Salomon se plaça devant l'autel de l'Éternel, en face de toute l'assemblée d'Israël. Il étendit ses mains vers le ciel, et il dit :

23. O Éternel, Dieu d'Israël ! Il n'y a point de Dieu semblable à toi, ni en haut dans les cieux, ni en bas sur la terre : tu gardes l'alliance et la miséricorde envers tes serviteurs qui marchent en ta présence de tout

leur coeur !

24. Ainsi tu as tenu parole à ton serviteur David, mon père ; et ce que tu as déclaré de ta bouche, tu l'accomplis en ce jour par ta puissance.

25. Maintenant, Éternel, Dieu d'Israël, observe la promesse que tu as faite à David, mon père, en disant : Tu ne manqueras jamais devant moi d'un successeur assis sur le trône d'Israël, pourvu que tes fils prennent garde à leur voie et qu'ils marchent en ma présence comme tu as marché en ma présence.

26. Oh ! qu'elle s'accomplisse, Dieu d'Israël, la promesse que tu as faite à ton serviteur David, mon père !

27. Mais quoi ! Dieu habiterait-il véritablement sur la terre ? Voici, les cieux et les cieux des cieux ne peuvent te contenir : combien moins cette maison que je t'ai bâtie !

28. Toutefois, Éternel, mon Dieu, sois attentif à la prière de ton serviteur et à sa supplication ; écoute le cri et la prière que t'adresse aujourd'hui ton serviteur.

29. Que tes yeux soient nuit et jour ouverts sur cette maison, sur le lieu dont tu as dit : Là sera mon nom ! Écoute la prière que ton serviteur fait en ce lieu.

30. Daigne exaucer la supplication de ton serviteur et de ton peuple d'Israël, lorsqu'ils prieront en ce lieu ! Exauce du lieu de ta demeure, des cieux, exauce et pardonne !

31. Si quelqu'un pèche contre son prochain et qu'on lui impose un serment pour le faire jurer, et s'il vient jurer devant ton autel, dans cette maison, -

32. écoute-le des cieux, agis, et juge tes serviteurs ; condamne le coupable, et fais retomber sa conduite sur sa tête ; rends justice à l'innocent, et traite-le selon son innocence !

33. Quand ton peuple d'Israël sera battu par l'ennemi, pour avoir péché contre toi ; s'ils reviennent à toi et rendent gloire à ton nom, s'ils t'adressent des prières et des supplications dans cette maison, -

34. exauce-les des cieux, pardonne le péché de ton peuple d'Israël, et ramène-les dans le pays que tu as donné à leurs pères !

35. Quand le ciel sera fermé et qu'il n'y aura point de pluie, à cause de leurs péchés contre toi, s'ils prient dans ce lieu et rendent gloire à

ton nom, et s'ils se détournent de leurs péchés, parce que tu les auras châtiés,

36. exauce-les des cieux, pardonne le péché de tes serviteurs et de ton peuple d'Israël, à qui tu enseigneras la bonne voie dans laquelle ils doivent marcher, et fais venir la pluie sur la terre que tu as donnée en héritage à ton peuple !

37. Quand la famine, la peste, la rouille, la nielle, les sauterelles d'une espèce ou d'une autre, seront dans le pays, quand l'ennemi assiégera ton peuple dans son pays, dans ses portes, quand il y aura des fléaux ou des maladies quelconques ;

38. si un homme, si tout ton peuple d'Israël fait entendre des prières et des supplications, et que chacun reconnaisse la plaie de son coeur et étende les mains vers cette maison, -

39. exauce-le des cieux, du lieu de ta demeure, et pardonne ; agis, et rends à chacun selon ses voies, toi qui connais le coeur de chacun, car seul tu connais le coeur de tous les enfants des hommes,

40. et ils te craindront tout le temps qu'ils vivront dans le pays que tu as donné à nos pères !

41. Quand l'étranger, qui n'est pas de ton peuple d'Israël, viendra d'un pays lointain, à cause de ton nom,

42. car on saura que ton nom est grand, ta main forte, et ton bras étendu, quand il viendra prier dans cette maison, -

43. exauce-le des cieux, du lieu de ta demeure, et accorde à cet étranger tout ce qu'il te demandera, afin que tous les peuples de la terre connaissent ton nom pour te craindre, comme ton peuple d'Israël, et sachent que ton nom est invoqué sur cette maison que j'ai bâtie !

44. Quand ton peuple sortira pour combattre son ennemi, en suivant la voie que tu lui auras prescrite ; s'ils adressent à l'Éternel des prières, les regards tournés vers la ville que tu as choisie et vers la maison que j'ai bâtie à ton nom,

45. exauce des cieux leurs prières et leurs supplications, et fais-leur droit !

46. Quand ils pécheront contre toi, car il n'y a point d'homme qui ne

pèche, quand tu seras irrité contre eux et que tu les livreras à l'ennemi, qui les emmènera captifs dans un pays ennemi, lointain ou rapproché ;

47. s'ils rentrent en eux-mêmes dans le pays où ils seront captifs, s'ils reviennent à toi et t'adressent des supplications dans le pays de ceux qui les ont emmenés, et qu'ils disent : Nous avons péché, nous avons commis des iniquités, nous avons fait le mal !

48. s'ils reviennent à toi de tout leur coeur et de toute leur âme, dans le pays de leurs ennemis qui les ont emmenés captifs, s'ils t'adressent des prières, les regards tournés vers leur pays que tu as donné à leurs pères, vers la ville que tu as choisie et vers la maison que j'ai bâtie à ton nom, -

49. exauce des cieux, du lieu de ta demeure, leurs prières et leurs supplications, et fais-leur droit ;

50. pardonne à ton peuple ses péchés et toutes ses transgressions contre toi ; excite la compassion de ceux qui les retiennent captifs, afin qu'ils aient pitié d'eux,

51. car ils sont ton peuple et ton héritage, et tu les as fait sortir d'Égypte, du milieu d'une fournaise de fer !

52. Que tes yeux soient ouverts sur la supplication de ton serviteur et sur la supplication de ton peuple d'Israël, pour les exaucer en tout ce qu'ils te demanderont !

53. Car tu les as séparés de tous les autres peuples de la terre pour en faire ton héritage, comme tu l'as déclaré par Moïse, ton serviteur, quand tu fis sortir d'Égypte nos pères, Seigneur Éternel !

54. Lorsque Salomon eut achevé d'adresser à l'Éternel toute cette prière et cette supplication, il se leva de devant l'autel de l'Éternel, où il était agenouillé, les mains étendues vers le ciel.

55. Debout, il bénit à haute voix toute l'assemblée d'Israël, en disant :

56. Béni soit l'Éternel, qui a donné du repos à son peuple d'Israël, selon toutes ses promesses ! De toutes les bonnes paroles qu'il avait prononcées par Moïse, son serviteur, aucune n'est restée sans effet.

57. Que l'Éternel, notre Dieu, soit avec nous, comme il a été avec nos pères ; qu'il ne nous abandonne point et ne nous délaisse point,

58. mais qu'il incline nos coeurs vers lui, afin que nous marchions

dans toutes ses voies, et que nous observions ses commandements, ses lois et ses ordonnances, qu'il a prescrits à nos pères !

59. Que ces paroles, objet de mes supplications devant l'Éternel, soient jour et nuit présentes à l'Éternel, notre Dieu, et qu'il fasse en tout temps droit à son serviteur et à son peuple d'Israël,

60. afin que tous les peuples de la terre reconnaissent que l'Éternel est Dieu, qu'il n'y en a point d'autre !

61. Que votre coeur soit tout à l'Éternel, notre Dieu, comme il l'est aujourd'hui, pour suivre ses lois et pour observer ses commandements.

62. Le roi et tout Israël avec lui offrirent des sacrifices devant l'Éternel.

63. Salomon immola vingt-deux mille boeufs et cent vingt mille brebis pour le sacrifice d'actions de grâces qu'il offrit à l'Éternel. Ainsi le roi et tous les enfants d'Israël firent la dédicace de la maison de l'Éternel.

64. En ce jour, le roi consacra le milieu du parvis, qui est devant la maison de l'Éternel ; car il offrit là les holocaustes, les offrandes, et les graisses des sacrifices d'actions de grâces, parce que l'autel d'airain qui est devant l'Éternel était trop petit pour contenir les holocaustes, les offrandes, et les graisses des sacrifices d'actions de grâces.

65. Salomon célébra la fête en ce temps-là, et tout Israël avec lui. Une grande multitude, venue depuis les environs de Hamath jusqu'au torrent d'Égypte, s'assembla devant l'Éternel, notre Dieu, pendant sept jours, et sept autres jours, soit quatorze jours.

66. Le huitième jour, il renvoya le peuple. Et ils bénirent le roi, et s'en allèrent dans leurs tentes, joyeux et le coeur content pour tout le bien que l'Éternel avait fait à David, son serviteur, et à Israël, son peuple.

Rois I.9

1. Lorsque Salomon eut achevé de bâtir la maison de l'Éternel, la maison du roi, et tout ce qu'il lui plut de faire,
2. l'Éternel apparut à Salomon une seconde fois, comme il lui était apparu à Gabaon.
3. Et l'Éternel lui dit : J'exauce ta prière et ta supplication que tu m'as adressées, je sanctifie cette maison que tu as bâtie pour y mettre à jamais mon nom, et j'aurai toujours là mes yeux et mon coeur.
4. Et toi, si tu marches en ma présence comme a marché David, ton père, avec sincérité de coeur et avec droiture, faisant tout ce que je t'ai commandé, si tu observes mes lois et mes ordonnances,
5. j'établirai pour toujours le trône de ton royaume en Israël, comme je l'ai déclaré à David, ton père, en disant : Tu ne manqueras jamais d'un successeur sur le trône d'Israël.
6. Mais si vous vous détournez de moi, vous et vos fils, si vous n'observez pas mes commandements, mes lois que je vous ai prescrites, et si vous allez servir d'autres dieux et vous prosterner devant eux,
7. j'exterminerai Israël du pays que je lui ai donné, je rejetterai loin de moi la maison que j'ai consacrée à mon nom, et Israël sera un sujet de sarcasme et de raillerie parmi tous les peuples.
8. Et si haut placée qu'ait été cette maison, quiconque passera près d'elle sera dans l'étonnement et sifflera. On dira : Pourquoi l'Éternel a-t-il ainsi traité ce pays et cette maison ?
9. Et l'on répondra : Parce qu'ils ont abandonné l'Éternel, leur Dieu, qui a fait sortir leurs pères du pays d'Égypte, parce qu'ils se sont attachés à d'autres dieux, se sont prosternés devant eux et les ont

servis ; voilà pourquoi l'Éternel a fait venir sur eux tous ces maux.

10. Au bout de vingt ans, Salomon avait bâti les deux maisons, la maison de l'Éternel et la maison du roi.

11. Alors, comme Hiram, roi de Tyr, avait fourni à Salomon des bois de cèdre et des bois de cyprès, et de l'or, autant qu'il en voulut, le roi Salomon donna à Hiram vingt villes dans le pays de Galilée.

12. Hiram sortit de Tyr, pour voir les villes que lui donnait Salomon. Mais elles ne lui plurent point,

13. et il dit : Quelles villes m'as-tu données là, mon frère ? Et il les appela pays de Cabul, nom qu'elles ont conservé jusqu'à ce jour.

14. Hiram avait envoyé au roi cent vingt talents d'or.

15. Voici ce qui concerne les hommes de corvée que leva le roi Salomon pour bâtir la maison de l'Éternel et sa propre maison, Millo, et le mur de Jérusalem, Hatsor, Meguiddo et Guézer.

16. Pharaon, roi d'Égypte, était venu s'emparer de Guézer, l'avait incendiée, et avait tué les Cananéens qui habitaient dans la ville. Puis il l'avait donnée pour dot à sa fille, femme de Salomon.

17. Et Salomon bâtit Guézer, Beth Horon la basse,

18. Baalath, et Thadmor, au désert dans le pays,

19. toutes les villes servant de magasins et lui appartenant, les villes pour les chars, les villes pour la cavalerie, et tout ce qu'il plut à Salomon de bâtir à Jérusalem, au Liban, et dans tout le pays dont il était le souverain.

20. Tout le peuple qui était resté des Amoréens, des Héthiens, des Phéréziens, des Héviens et des Jébusiens, ne faisant point partie des enfants d'Israël,

21. leurs descendants qui étaient restés après eux dans le pays et que les enfants d'Israël n'avaient pu dévouer par interdit, Salomon les leva comme esclaves de corvée, ce qu'ils ont été jusqu'à ce jour.

22. Mais Salomon n'employa point comme esclaves les enfants d'Israël ; car ils étaient des hommes de guerre, ses serviteurs, ses chefs, ses officiers, les commandants de ses chars et de sa cavalerie.

23. Les chefs préposés par Salomon sur les travaux étaient au nombre de cinq cent cinquante, chargés de surveiller les ouvriers.

24. La fille de Pharaon monta de la cité de David dans sa maison que Salomon lui avait construite. Ce fut alors qu'il bâtit Millo.

25. Salomon offrit trois fois dans l'année des holocaustes et des sacrifices d'actions de grâces sur l'autel qu'il avait bâti à l'Éternel, et il brûla des parfums sur celui qui était devant l'Éternel. Et il acheva la maison.

26. Le roi Salomon construisit des navires à Etsjon Guéber, près d'Éloth, sur les bords de la mer Rouge, dans le pays d'Édom.

27. Et Hiram envoya sur ces navires, auprès des serviteurs de Salomon, ses propres serviteurs, des matelots connaissant la mer.

28. Ils allèrent à Ophir, et ils y prirent de l'or, quatre cent vingt talents, qu'ils apportèrent au roi Salomon.

Rois I.10

1. La reine de Séba apprit la renommée que possédait Salomon, à la gloire de l'Éternel, et elle vint pour l'éprouver par des énigmes.

2. Elle arriva à Jérusalem avec une suite fort nombreuse, et avec des chameaux portant des aromates, de l'or en très grande quantité, et des pierres précieuses. Elle se rendit auprès de Salomon, et elle lui dit tout ce qu'elle avait dans le coeur.

3. Salomon répondit à toutes ses questions, et il n'y eut rien que le roi ne sût lui expliquer.

4. La reine de Séba vit toute la sagesse de Salomon, et la maison qu'il avait bâtie,

5. et les mets de sa table, et la demeure de ses serviteurs, et les fonctions et les vêtements de ceux qui le servaient, et ses échansons, et ses holocaustes qu'il offrait dans la maison de l'Éternel.

6. Hors d'elle même, elle dit au roi : C'était donc vrai ce que j'ai appris dans mon pays au sujet de ta position et de ta sagesse !

7. Je ne le croyais pas, avant d'être venue et d'avoir vu de mes yeux. Et voici, on ne m'en a pas dit la moitié. Tu as plus de sagesse et de prospérité que la renommée ne me l'a fait connaître.

8. Heureux tes gens, heureux tes serviteurs qui sont continuellement devant toi, qui entendent ta sagesse !

9. Béni soit l'Éternel, ton Dieu, qui t'a accordé la faveur de te placer sur le trône d'Israël ! C'est parce que l'Éternel aime à toujours Israël, qu'il t'a établi roi pour que tu fasses droit et justice.

10. Elle donna au roi cent vingt talents d'or, une très grande quantité d'aromates, et des pierres précieuses. Il ne vint plus autant d'aromates

que la reine de Séba en donna au roi Salomon.

11. Les navires de Hiram, qui apportèrent de l'or d'Ophir, amenèrent aussi d'Ophir une grande quantité de bois de santal et des pierres précieuses.

12. Le roi fit avec le bois de santal des balustrades pour la maison de l'Éternel et pour la maison du roi, et des harpes et des luths pour les chantres. Il ne vint plus de ce bois de santal, et on n'en a plus vu jusqu'à ce jour.

13. Le roi Salomon donna à la reine de Séba tout ce qu'elle désira, ce qu'elle demanda, et lui fit en outre des présents dignes d'un roi tel que Salomon. Puis elle s'en retourna et alla dans son pays, elle et ses serviteurs.

14. Le poids de l'or qui arrivait à Salomon chaque année était de six cent soixante-six talents d'or,

15. outre ce qu'il retirait des négociants et du trafic des marchands, de tous les rois d'Arabie, et des gouverneurs du pays.

16. Le roi Salomon fit deux cents grands boucliers d'or battu, pour chacun desquels il employa six cents sicles d'or,

17. et trois cents autres boucliers d'or battu, pour chacun desquels il employa trois mines d'or ; et le roi les mit dans la maison de la forêt du Liban.

18. Le roi fit un grand trône d'ivoire, et le couvrit d'or pur.

19. Ce trône avait six degrés, et la partie supérieure en était arrondie par derrière ; il y avait des bras de chaque côté du siège ; deux lions étaient près des bras,

20. et douze lions sur les six degrés de part et d'autre. Il ne s'est rien fait de pareil pour aucun royaume.

21. Toutes les coupes du roi Salomon étaient d'or, et toute la vaisselle de la maison de la forêt du Liban était d'or pur. Rien n'était d'argent : on n'en faisait aucun cas du temps de Salomon.

22. Car le roi avait en mer des navires de Tarsis avec ceux de Hiram ; et tous les trois ans arrivaient les navires de Tarsis, apportant de l'or et de l'argent, de l'ivoire, des singes et des paons.

23. Le roi Salomon fut plus grand que tous les rois de la terre par les richesses et par la sagesse.

24. Tout le monde cherchait à voir Salomon, pour entendre la sagesse que Dieu avait mise dans son coeur.

25. Et chacun apportait son présent, des objets d'argent et des objets d'or, des vêtements, des armes, des aromates, des chevaux et des mulets ; et il en était ainsi chaque année.

26. Salomon rassembla des chars et de la cavalerie ; il avait quatorze cents chars et douze mille cavaliers, qu'il plaça dans les villes où il tenait ses chars et à Jérusalem près du roi.

27. Le roi rendit l'argent aussi commun à Jérusalem que les pierres, et les cèdres aussi nombreux que les sycomores qui croissent dans la plaine.

28. C'était de l'Égypte que Salomon tirait ses chevaux ; une caravane de marchands du roi les allait chercher par troupes à un prix fixe :

29. un char montait et sortait d'Égypte pour six cents sicles d'argent, et un cheval pour cent cinquante sicles. Ils en amenaient de même avec eux pour tous les rois des Héthiens et pour les rois de Syrie.

Rois I.11

1. Le roi Salomon aima beaucoup de femmes étrangères, outre la fille de Pharaon : des Moabites, des Ammonites, des Édomites, des Sidoniennes, des Héthiennes,

2. appartenant aux nations dont l'Éternel avait dit aux enfants d'Israël : Vous n'irez point chez elles, et elles ne viendront point chez vous ; elles tourneraient certainement vos coeurs du côté de leurs dieux. Ce fut à ces nations que s'attacha Salomon, entraîné par l'amour.

3. Il eut sept cents princesses pour femmes et trois cents concubines ; et ses femmes détournèrent son coeur.

4. A l'époque de la vieillesse de Salomon, ses femmes inclinèrent son coeur vers d'autres dieux ; et son coeur ne fut point tout entier à l'Éternel, son Dieu, comme l'avait été le coeur de David, son père.

5. Salomon alla après Astarté, divinité des Sidoniens, et après Milcom, l'abomination des Ammonites.

6. Et Salomon fit ce qui est mal aux yeux de l'Éternel, et il ne suivit point pleinement l'Éternel, comme David, son père.

7. Alors Salomon bâtit sur la montagne qui est en face de Jérusalem un haut lieu pour Kemosch, l'abomination de Moab, et pour Moloc, l'abomination des fils d'Ammon.

8. Et il fit ainsi pour toutes ses femmes étrangères, qui offraient des parfums et des sacrifices à leurs dieux.

9. L'Éternel fut irrité contre Salomon, parce qu'il avait détourné son coeur de l'Éternel, le Dieu d'Israël, qui lui était apparu deux fois.

10. Il lui avait à cet égard défendu d'aller après d'autres dieux ; mais Salomon n'observa point les ordres de l'Éternel.

11. Et l'Éternel dit à Salomon : Puisque tu as agi de la sorte, et que tu n'as point observé mon alliance et mes lois que je t'avais prescrites, je déchirerai le royaume de dessus toi et je le donnerai à ton serviteur.

12. Seulement, je ne le ferai point pendant ta vie, à cause de David, ton père. C'est de la main de ton fils que je l'arracherai.

13. Je n'arracherai cependant pas tout le royaume ; je laisserai une tribu à ton fils, à cause de David, mon serviteur, et à cause de Jérusalem, que j'ai choisie.

14. L'Éternel suscita un ennemi à Salomon : Hadad, l'Édomite, de la race royale d'Édom.

15. Dans le temps où David battit Édom, Joab, chef de l'armée, étant monté pour enterrer les morts, tua tous les mâles qui étaient en Édom ;

16. il y resta six mois avec tout Israël, jusqu'à ce qu'il en eût exterminé tous les mâles.

17. Ce fut alors qu'Hadad prit la fuite avec des Édomites, serviteurs de son père, pour se rendre en Égypte. Hadad était encore un jeune garçon.

18. Partis de Madian, ils allèrent à Paran, prirent avec eux des hommes de Paran, et arrivèrent en Égypte auprès de Pharaon, roi d'Égypte, Pharaon donna une maison à Hadad, pourvut à sa subsistance, et lui accorda des terres.

19. Hadad trouva grâce aux yeux de Pharaon, à tel point que Pharaon lui donna pour femme la soeur de sa femme, la soeur de la reine Thachpenès.

20. La soeur de Thachpenès lui enfanta son fils Guenubath. Thachpenès le sevra dans la maison de Pharaon ; et Guenubath fut dans la maison de Pharaon, au milieu des enfants de Pharaon.

21. Lorsque Hadad apprit en Égypte que David était couché avec ses pères, et que Joab, chef de l'armée, était mort, il dit à Pharaon : Laisse-moi aller dans mon pays.

22. Et Pharaon lui dit : Que te manque-t-il auprès de moi, pour que tu désires aller dans ton pays ? Il répondit : Rien, mais laisse-moi partir.

23. Dieu suscita un autre ennemi à Salomon : Rezon, fils d'Éliada,

qui s'était enfui de chez son maître Hadadézer, roi de Tsoba.

24. Il avait rassemblé des gens auprès de lui, et il était chef de bande, lorsque David massacra les troupes de son maître. Ils allèrent à Damas, et s'y établirent, et ils régnèrent à Damas.

25. Il fut un ennemi d'Israël pendant toute la vie de Salomon, en même temps qu'Hadad lui faisait du mal, et il avait Israël en aversion. Il régna sur la Syrie.

26. Jéroboam aussi, serviteur de Salomon, leva la main contre le roi. Il était fils de Nebath, Éphratien de Tseréda, et il avait pour mère une veuve nommée Tserua.

27. Voici à quelle occasion il leva la main contre le roi. Salomon bâtissait Millo, et fermait la brèche de la cité de David, son père.

28. Jéroboam était fort et vaillant ; et Salomon, ayant vu ce jeune homme à l'oeuvre, lui donna la surveillance de tous les gens de corvée de la maison de Joseph.

29. Dans ce temps-là, Jéroboam, étant sorti de Jérusalem, fut rencontré en chemin par le prophète Achija de Silo, revêtu d'un manteau neuf. Ils étaient tous deux seuls dans les champs.

30. Achija saisit le manteau neuf qu'il avait sur lui, le déchira en douze morceaux,

31. et dit à Jéroboam : Prends pour toi dix morceaux ! Car ainsi parle l'Éternel, le Dieu d'Israël : Voici, je vais arracher le royaume de la main de Salomon, et je te donnerai dix tribus.

32. Mais il aura une tribu, à cause de mon serviteur David, et à cause de Jérusalem, la ville que j'ai choisie sur toutes les tribus d'Israël.

33. Et cela, parce qu'ils m'ont abandonné, et se sont prosternés devant Astarté, divinité des Sidoniens, devant Kemosch, dieu de Moab, et devant Milcom, dieu des fils d'Ammon, et parce qu'ils n'ont point marché dans mes voies pour faire ce qui est droit à mes yeux et pour observer mes lois et mes ordonnances, comme l'a fait David, père de Salomon.

34. Je n'ôterai pas de sa main tout le royaume, car je le maintiendrai prince tout le temps de sa vie, à cause de David, mon serviteur, que j'ai choisi, et qui a observé mes commandements et mes lois.

35. Mais j'ôterai le royaume de la main de son fils, et je t'en donnerai

dix tribus ;

36. je laisserai une tribu à son fils, afin que David, mon serviteur, ait toujours une lampe devant moi à Jérusalem, la ville que j'ai choisie pour y mettre mon nom.

37. Je te prendrai, et tu régneras sur tout ce que ton âme désirera, tu seras roi d'Israël.

38. Si tu obéis à tout ce que je t'ordonnerai, si tu marches dans mes voies et si tu fais ce qui est droit à mes yeux, en observant mes lois et mes commandements, comme l'a fait David, mon serviteur, je serai avec toi, je te bâtirai une maison stable, comme j'en ai bâti une à David, et je te donnerai Israël.

39. J'humilierai par là la postérité de David, mais ce ne sera pas pour toujours.

40. Salomon chercha à faire mourir Jéroboam. Et Jéroboam se leva et s'enfuit en Égypte auprès de Schischak, roi d'Égypte ; il demeura en Égypte jusqu'à la mort de Salomon.

41. Le reste des actions de Salomon, tout ce qu'il a fait, et sa sagesse, cela n'est-il pas écrit dans le livre des actes de Salomon ?

42. Salomon régna quarante ans à Jérusalem sur tout Israël.

43. Puis Salomon se coucha avec ses pères, et il fut enterré dans la ville de David, son père. Roboam, son fils, régna à sa place.

Rois I.12

1. Roboam se rendit à Sichem, car tout Israël était venu à Sichem pour le faire roi.

2. Lorsque Jéroboam, fils de Nebath, eut des nouvelles, il était encore en Égypte, où il s'était enfui loin du roi Salomon, et c'était en Égypte qu'il demeurait.

3. On l'envoya appeler. Alors Jéroboam et toute l'assemblée d'Israël vinrent à Roboam et lui parlèrent ainsi :

4. Ton père a rendu notre joug dur ; toi maintenant, allège cette rude servitude et le joug pesant que nous a imposé ton père. Et nous te servirons.

5. Il leur dit : Allez, et revenez vers moi dans trois jours. Et le peuple s'en alla.

6. Le roi Roboam consulta les vieillards qui avaient été auprès de Salomon, son père, pendant sa vie, et il dit : Que conseillez-vous de répondre à ce peuple ?

7. Et voici ce qu'ils lui dirent : Si aujourd'hui tu rends service à ce peuple, si tu leur cèdes, et si tu leur réponds par des paroles bienveillantes, ils seront pour toujours tes serviteurs.

8. Mais Roboam laissa le conseil que lui donnaient les vieillards, et il consulta les jeunes gens qui avaient grandi avec lui et qui l'entouraient.

9. Il leur dit : Que conseillez-vous de répondre à ce peuple qui me tient ce langage : Allège le joug que nous a imposé ton père ?

10. Et voici ce que lui dirent les jeunes gens qui avaient grandi avec lui : Tu parleras ainsi à ce peuple qui t'a tenu ce langage : Ton père a rendu notre joug pesant, et toi, allège-le-nous ! tu leur parleras ainsi :

Mon petit doigt est plus gros que les reins de mon père.

11. Maintenant, mon père vous a chargés d'un joug pesant, et moi je vous le rendrai plus pesant ; mon père vous a châtiés avec des fouets, et moi je vous châtierai avec des scorpions.

12. Jéroboam et tout le peuple vinrent à Roboam le troisième jour, suivant ce qu'avait dit le roi : Revenez vers moi dans trois jours.

13. Le roi répondit durement au peuple. Il laissa le conseil que lui avaient donné les vieillards,

14. et il leur parla ainsi d'après le conseil des jeunes gens : Mon père a rendu votre joug pesant, et moi je vous le rendrai plus pesant ; mon père vous a châtiés avec des fouets, et moi je vous châtierai avec des scorpions.

15. Ainsi le roi n'écouta point le peuple ; car cela fut dirigé par l'Éternel, en vue de l'accomplissement de la parole que l'Éternel avait dite par Achija de Silo à Jéroboam, fils de Nebath.

16. Lorsque tout Israël vit que le roi ne l'écoutait pas, le peuple répondit au roi : Quelle part avons-nous avec David ? Nous n'avons point d'héritage avec le fils d'Isaï ! A tes tentes, Israël ! Maintenant, pourvois à ta maison, David ! Et Israël s'en alla dans ses tentes.

17. Les enfants d'Israël qui habitaient les villes de Juda furent les seuls sur qui régna Roboam.

18. Alors le roi Roboam envoya Adoram, qui était préposé aux impôts. Mais Adoram fut lapidé par tout Israël, et il mourut. Et le roi Roboam se hâta de monter sur un char, pour s'enfuir à Jérusalem.

19. C'est ainsi qu'Israël s'est détaché de la maison de David jusqu'à ce jour.

20. Tout Israël ayant appris que Jéroboam était de retour, ils l'envoyèrent appeler dans l'assemblée, et ils le firent roi sur tout Israël. La tribu de Juda fut la seule qui suivit la maison de David.

21. Roboam, arrivé à Jérusalem, rassembla toute la maison de Juda et la tribu de Benjamin, cent quatre-vingt mille hommes d'élite propres à la guerre, pour qu'ils combattissent contre la maison d'Israël afin de la ramener sous la domination de Roboam, fils de Salomon.

22. Mais la parole de Dieu fut ainsi adressée à Schemaeja, homme de

Dieu :

23. Parle à Roboam, fils de Salomon, roi de Juda, et à toute la maison de Juda et de Benjamin, et au reste du peuple.

24. Et dis-leur : Ainsi parle l'Éternel : Ne montez point, et ne faites pas la guerre à vos frères, les enfants d'Israël ! Que chacun de vous retourne dans sa maison, car c'est de par moi que cette chose est arrivée. Ils obéirent à la parole de l'Éternel, et ils s'en retournèrent, selon la parole de l'Éternel.

25. Jéroboam bâtit Sichem sur la montagne d'Éphraïm, et il y demeura ; puis il en sortit, et bâtit Penuel.

26. Jéroboam dit en son coeur : Le royaume pourrait bien maintenant retourner à la maison de David.

27. Si ce peuple monte à Jérusalem pour faire des sacrifices dans la maison de l'Éternel, le coeur de ce peuple retournera à son seigneur, à Roboam, roi de Juda, et ils me tueront et retourneront à Roboam, roi de Juda.

28. Après s'être consulté, le roi fit deux veaux d'or, et il dit au peuple : Assez longtemps vous êtes montés à Jérusalem ; Israël ! voici ton Dieu, qui t'a fait sortir du pays d'Égypte.

29. Il plaça l'un de ces veaux à Béthel, et il mit l'autre à Dan.

30. Ce fut là une occasion de péché. Le peuple alla devant l'un des veaux jusqu'à Dan.

31. Jéroboam fit une maison de hauts lieux, et il créa des sacrificateurs pris parmi tout le peuple et n'appartenant point aux fils de Lévi.

32. Il établit une fête au huitième mois, le quinzième jour du mois, comme la fête qui se célébrait en Juda, et il offrit des sacrifices sur l'autel. Voici ce qu'il fit à Béthel afin que l'on sacrifiât aux veaux qu'il avait faits. Il plaça à Béthel les prêtres des hauts lieux qu'il avait élevés.

33. Et il monta sur l'autel qu'il avait fait à Béthel, le quinzième jour du huitième mois, mois qu'il avait choisi de son gré. Il fit une fête pour les enfants d'Israël, et il monta sur l'autel pour brûler des parfums.

Rois I.13

1. Voici, un homme de Dieu arriva de Juda à Béthel, par la parole de l'Éternel, pendant que Jéroboam se tenait à l'autel pour brûler des parfums.

2. Il cria contre l'autel, par la parole de l'Éternel, et il dit : Autel ! autel ! ainsi parle l'Éternel : Voici, il naîtra un fils à la maison de David ; son nom sera Josias ; il immolera sur toi les prêtres des hauts lieux qui brûlent sur toi des parfums, et l'on brûlera sur toi des ossements d'hommes !

3. Et le même jour il donna un signe, en disant : C'est ici le signe que l'Éternel a parlé : Voici, l'autel se fendra, et la cendre qui est dessus sera répandue.

4. Lorsque le roi entendit la parole que l'homme de Dieu avait criée contre l'autel de Béthel, il avança la main de dessus l'autel, en disant : Saisissez le ! Et la main que Jéroboam avait étendue contre lui devint sèche, et il ne put la ramener à soi.

5. L'autel se fendit, et la cendre qui était dessus fut répandue, selon le signe qu'avait donné l'homme de Dieu, par la parole de l'Éternel.

6. Alors le roi prit la parole, et dit à l'homme de Dieu : Implore l'Éternel, ton Dieu, et prie pour moi, afin que je puisse retirer ma main. L'homme de Dieu implora l'Éternel, et le roi put retirer sa main, qui fut comme auparavant.

7. Le roi dit à l'homme de Dieu : Entre avec moi dans la maison, tu prendras quelque nourriture, et je te donnerai un présent.

8. L'homme de Dieu dit au roi : Quand tu me donnerais la moitié de ta maison, je n'entrerais pas avec toi. Je ne mangerai point de pain, et

je ne boirai point d'eau dans ce lieu-ci ;

9. car cet ordre m'a été donné, par la parole de l'Éternel : Tu ne mangeras point de pain et tu ne boiras point d'eau, et tu ne prendras pas à ton retour le chemin par lequel tu seras allé.

10. Et il s'en alla par un autre chemin, il ne prit pas à son retour le chemin par lequel il était venu à Béthel.

11. Or il y avait un vieux prophète qui demeurait à Béthel. Ses fils vinrent lui raconter toutes les choses que l'homme de Dieu avait faites à Béthel ce jour-là, et les paroles qu'il avait dites au roi. Lorsqu'ils en eurent fait le récit à leur père,

12. il leur dit : Par quel chemin s'en est-il allé ? Ses fils avaient vu par quel chemin s'en était allé l'homme de Dieu qui était venu de Juda.

13. Et il dit à ses fils : Sellez-moi l'âne. Ils lui sellèrent l'âne, et il monta dessus.

14. Il alla après l'homme de Dieu, et il le trouva assis sous un térébinthe. Il lui dit : Es-tu l'homme de Dieu qui est venu de Juda ? Il répondit : Je le suis.

15. Alors il lui dit : Viens avec moi à la maison, et tu prendras quelque nourriture.

16. Mais il répondit : Je ne puis ni retourner avec toi, ni entrer chez toi. Je ne mangerai point de pain, je ne boirai point d'eau avec toi en ce lieu-ci ;

17. car il m'a été dit, par la parole de l'Éternel : Tu n'y mangeras point de pain et tu n'y boiras point d'eau, et tu ne prendras pas à ton retour le chemin par lequel tu seras allé.

18. Et il lui dit : Moi aussi, je suis prophète comme toi ; et un ange m'a parlé de la part de l'Éternel, et m'a dit : Ramène-le avec toi dans ta maison, et qu'il mange du pain et boive de l'eau. Il lui mentait.

19. L'homme de Dieu retourna avec lui, et il mangea du pain et but de l'eau dans sa maison.

20. Comme ils étaient assis à table, la parole de l'Éternel fut adressée au prophète qui l'avait ramené.

21. Et il cria à l'homme de Dieu qui était venu de Juda : Ainsi parle l'Éternel : Parce que tu as été rebelle à l'ordre de l'Éternel, et que tu

n'as pas observé le commandement que l'Éternel, ton Dieu, t'avait donné ;

22. parce que tu es retourné, et que tu as mangé du pain et bu de l'eau dans le lieu dont il t'avait dit : Tu n'y mangeras point de pain et tu n'y boiras point d'eau, -ton cadavre n'entrera pas dans le sépulcre de tes pères.

23. Et quand le prophète qu'il avait ramené eut mangé du pain et qu'il eut bu de l'eau, il sella l'âne pour lui.

24. L'homme de Dieu s'en alla : et il fut rencontré dans le chemin par un lion qui le tua. Son cadavre était étendu dans le chemin ; l'âne resta près de lui, et le lion se tint à côté du cadavre.

25. Et voici, des gens qui passaient virent le cadavre étendu dans le chemin et le lion se tenant à côté du cadavre ; et ils en parlèrent à leur arrivée dans la ville où demeurait le vieux prophète.

26. Lorsque le prophète qui avait ramené du chemin l'homme de Dieu l'eut appris, il dit : C'est l'homme de Dieu qui a été rebelle à l'ordre de l'Éternel, et l'Éternel l'a livré au lion, qui l'a déchiré et l'a fait mourir, selon la parole que l'Éternel lui avait dite.

27. Puis, s'adressant à ses fils, il dit : Sellez-moi l'âne. Ils le sellèrent,

28. et il partit. Il trouva le cadavre étendu dans le chemin, et l'âne et le lion qui se tenaient à côté du cadavre. Le lion n'avait pas dévoré le cadavre et n'avait pas déchiré l'âne.

29. Le prophète releva le cadavre de l'homme de Dieu, le plaça sur l'âne, et le ramena ; et le vieux prophète rentra dans la ville pour le pleurer et pour l'enterrer.

30. Il mit son cadavre dans le sépulcre, et l'on pleura sur lui, en disant : Hélas, mon frère !

31. Après l'avoir enterré, il dit à ses fils : Quand je serai mort, vous m'enterrerez dans le sépulcre où est enterré l'homme de Dieu, vous déposerez mes os à côté de ses os.

32. Car elle s'accomplira, la parole qu'il a criée, de la part de l'Éternel, contre l'autel de Béthel et contre toutes les maisons des hauts lieux qui sont dans les villes de Samarie.

33. Après cet événement, Jéroboam ne se détourna point de sa mauvaise voie. Il créa de nouveau des prêtres des hauts lieux pris

parmi tout le peuple ; quiconque en avait le désir, il le consacrait
prêtre des hauts lieux.

34. Ce fut là une occasion de péché pour la maison de Jéroboam, et
c'est pour cela qu'elle a été exterminée et détruite de dessus la face de
la terre.

Rois I.14

1. Dans ce temps-là, Abija, fils de Jéroboam, devint malade.

2. Et Jéroboam dit à sa femme : Lève-toi, je te prie, et déguise-toi pour qu'on ne sache pas que tu es la femme de Jéroboam, et va à Silo. Voici, là est Achija, le prophète ; c'est lui qui m'a dit que je serais roi de ce peuple.

3. Prends avec toi dix pains, des gâteaux et un vase de miel, et entre chez lui ; il te dira ce qui arrivera à l'enfant.

4. La femme de Jéroboam fit ainsi ; elle se leva, alla à Silo, et entra dans la maison d'Achija. Achija ne pouvait plus voir, car il avait les yeux fixes par suite de la vieillesse.

5. L'Éternel avait dit à Achija : La femme de Jéroboam va venir te consulter au sujet de son fils, parce qu'il est malade. Tu lui parleras de telle et de telle manière. Quand elle arrivera, elle se donnera pour une autre.

6. Lorsque Achija entendit le bruit de ses pas, au moment où elle franchissait la porte, il dit : Entre, femme de Jéroboam ; pourquoi veux-tu te donner pour une autre ? Je suis chargé de t'annoncer des choses dures.

7. Va, dis à Jéroboam : Ainsi parle l'Éternel, le Dieu d'Israël : Je t'ai élevé du milieu du peuple, je t'ai établi chef de mon peuple d'Israël,

8. j'ai arraché le royaume de la maison de David et je te l'ai donné. Et tu n'as pas été comme mon serviteur David, qui a observé mes commandements et qui a marché après moi de tout son coeur, ne faisant que ce qui est droit à mes yeux.

9. Tu as agi plus mal que tous ceux qui ont été avant toi, tu es allé te faire d'autres dieux, et des images de fonte pour m'irriter, et tu m'as

rejeté derrière ton dos !

10. Voilà pourquoi je vais faire venir le malheur sur la maison de Jéroboam ; j'exterminerai quiconque appartient à Jéroboam, celui qui est esclave et celui qui est libre en Israël, et je balaierai la maison de Jéroboam comme on balaie les ordures, jusqu'à ce qu'elle ait disparu.

11. Celui de la maison de Jéroboam qui mourra dans la ville sera mangé par les chiens, et celui qui mourra dans les champs sera mangé par les oiseaux du ciel. Car l'Éternel a parlé.

12. Et toi, lève-toi, va dans ta maison. Dès que tes pieds entreront dans la ville, l'enfant mourra.

13. Tout Israël le pleurera, et on l'enterrera ; car il est le seul de la maison de Jéroboam qui sera mis dans un sépulcre, parce qu'il est le seul de la maison de Jéroboam en qui se soit trouvé quelque chose de bon devant l'Éternel, le Dieu d'Israël.

14. L'Éternel établira sur Israël un roi qui exterminera la maison de Jéroboam ce jour-là. Et n'est-ce pas déjà ce qui arrive ?

15. L'Éternel frappera Israël, et il en sera de lui comme du roseau qui est agité dans les eaux ; il arrachera Israël de ce bon pays qu'il avait donné à leurs pères, et il les dispersera de l'autre côté du fleuve, parce qu'ils se sont fait des idoles, irritant l'Éternel.

16. Il livrera Israël à cause des péchés que Jéroboam a commis et qu'il a fait commettre à Israël.

17. La femme de Jéroboam se leva, et partit. Elle arriva à Thirtsa ; et, comme elle atteignait le seuil de la maison, l'enfant mourut.

18. On l'enterra, et tout Israël le pleura, selon la parole que l'Éternel avait dite par son serviteur Achija, le prophète.

19. Le reste des actions de Jéroboam, comment il fit la guerre et comment il régna, cela est écrit dans le livre des Chroniques des rois d'Israël.

20. Jéroboam régna vingt-deux ans, puis il se coucha avec ses pères. Et Nadab, son fils, régna à sa place.

21. Roboam, fils de Salomon, régna sur Juda. Il avait quarante et un ans lorsqu'il devint roi, et il régna dix-sept ans à Jérusalem, la ville que l'Éternel avait choisie sur toutes les tribus d'Israël pour y mettre

son nom. Sa mère s'appelait Naama, l'Ammonite.

22. Juda fit ce qui est mal aux yeux de l'Éternel ; et, par les péchés qu'ils commirent, ils excitèrent sa jalousie plus que ne l'avaient jamais fait leurs pères.

23. Ils se bâtirent, eux aussi, des hauts lieux avec des statues et des idoles sur toute colline élevée et sous tout arbre vert.

24. Il y eut même des prostitués dans le pays. Ils imitèrent toutes les abominations des nations que l'Éternel avait chassées devant les enfants d'Israël.

25. La cinquième année du règne de Roboam, Schischak, roi d'Égypte, monta contre Jérusalem.

26. Il prit les trésors de la maison de l'Éternel et les trésors de la maison du roi, il prit tout. Il prit tous les boucliers d'or que Salomon avait faits.

27. Le roi Roboam fit à leur place des boucliers d'airain, et il les remit aux soins des chefs des coureurs, qui gardaient l'entrée de la maison du roi.

28. Toutes les fois que le roi allait à la maison de l'Éternel, les coureurs les portaient ; puis ils les rapportaient dans la chambre des coureurs.

29. Le reste des actions de Roboam, et tout ce qu'il a fait, cela n'est-il pas écrit dans le livre des Chroniques des rois de Juda ?

30. Il y eut toujours guerre entre Roboam et Jéroboam.

31. Roboam se coucha avec ses pères, et il fut enterré avec ses pères dans la ville de David. Sa mère s'appelait Naama, l'Ammonite. Et Abijam, son fils, régna à sa place.

Rois I.15

1. La dix-huitième année du règne de Jéroboam, fils de Nebath, Abijam régna sur Juda.

2. Il régna trois ans à Jérusalem. Sa mère s'appelait Maaca, fille d'Abisalom.

3. Il se livra à tous les péchés que son père avait commis avant lui ; et son coeur ne fut point tout entier à l'Éternel, son Dieu, comme l'avait été le coeur de David, son père.

4. Mais à cause de David, l'Éternel, son Dieu, lui donna une lampe à Jérusalem, en établissant son fils après lui et en laissant subsister Jérusalem.

5. Car David avait fait ce qui est droit aux yeux de l'Éternel, et il ne s'était détourné d'aucun de ses commandements pendant toute sa vie, excepté dans l'affaire d'Urie, le Héthien.

6. Il y eut guerre entre Roboam et Jéroboam, tant que vécut Roboam.

7. Le reste des actions d'Abijam, et tout ce qu'il a fait, cela n'est-il pas écrit dans le livre des Chroniques des rois de Juda ? Il y eut guerre entre Abijam et Jéroboam.

8. Abijam se coucha avec ses pères, et on l'enterra dans la ville de David. Et Asa, son fils, régna à sa place.

9. La vingtième année de Jéroboam, roi d'Israël, Asa régna sur Juda.

10. Il régna quarante et un ans à Jérusalem. Sa mère s'appelait Maaca, fille d'Abisalom.

11. Asa fit ce qui est droit aux yeux de l'Éternel, comme David, son père.

12. Il ôta du pays les prostitués, et il fit disparaître toutes les idoles que ses pères avaient faites.

13. Et même il enleva la dignité de reine à Maaca, sa mère, parce qu'elle avait fait une idole pour Astarté. Asa abattit son idole, et la brûla au torrent de Cédron.

14. Mais les hauts lieux ne disparurent point, quoique le coeur d'Asa fût en entier à l'Éternel pendant toute sa vie.

15. Il mit dans la maison de l'Éternel les choses consacrées par son père et par lui-même, de l'argent, de l'or et des vases.

16. Il y eut guerre entre Asa et Baescha, roi d'Israël, pendant toute leur vie.

17. Baescha, roi d'Israël, monta contre Juda ; et il bâtit Rama, pour empêcher ceux d'Asa, roi de Juda, de sortir et d'entrer.

18. Asa prit tout l'argent et tout l'or qui étaient restés dans les trésors de la maison de l'Éternel et les trésors de la maison du roi, et il les mit entre les mains de ses serviteurs qu'il envoya vers Ben Hadad, fils de Thabrimmon, fils de Hezjon, roi de Syrie, qui habitait à Damas. Le roi Asa lui fit dire :

19. Qu'il y ait une alliance entre moi et toi, comme il y en eut une entre mon père et ton père. Voici, je t'envoie un présent en argent et en or. Va, romps ton alliance avec Baescha, roi d'Israël, afin qu'il s'éloigne de moi.

20. Ben Hadad écouta le roi Asa ; il envoya les chefs de son armée contre les villes d'Israël, et il battit Ijjon, Dan, Abel Beth Maaca, tout Kinneroth, et tout le pays de Nephthali.

21. Lorsque Baescha l'apprit, il cessa de bâtir Rama, et il resta à Thirtsa.

22. Le roi Asa convoqua tout Juda, sans exempter personne, et ils emportèrent les pierres et le bois que Baescha employait à la construction de Rama ; et le roi Asa s'en servit pour bâtir Guéba de Benjamin et Mitspa.

23. Le reste de toutes les actions d'Asa, tous ses exploits et tout ce qu'il a fait, et les villes qu'il a bâties, cela n'est-il pas écrit dans le livre des Chroniques des rois de Juda ? Toutefois, à l'époque de sa vieillesse, il eut les pieds malades.

24. Asa se coucha avec ses pères, et il fut enterré avec ses pères dans

la ville de David, son père. Et Josaphat, son fils, régna à sa place.

25. Nadab, fils de Jéroboam, régna sur Israël, la seconde année d'Asa, roi de Juda. Il régna deux ans sur Israël.

26. Il fit ce qui est mal aux yeux de l'Éternel ; et il marcha dans la voie de son père, se livrant aux péchés que son père avait fait commettre à Israël.

27. Baescha, fils d'Achija, de la maison d'Issacar, conspira contre lui, et Baescha le tua à Guibbethon, qui appartenait aux Philistins, pendant que Nadab et tout Israël assiégeaient Guibbethon.

28. Baescha le fit périr la troisième année d'Asa, roi de Juda, et il régna à sa place.

29. Lorsqu'il fut roi, il frappa toute la maison de Jéroboam, il n'en laissa échapper personne et il détruisit tout ce qui respirait, selon la parole que l'Éternel avait dite par son serviteur Achija de Silo,

30. à cause des péchés que Jéroboam avait commis et qu'il avait fait commettre à Israël, irritant ainsi l'Éternel, le Dieu d'Israël.

31. Le reste des actions de Nadab, et tout ce qu'il a fait, cela n'est-il pas écrit dans le livre des Chroniques des rois d'Israël ?

32. Il y eut guerre entre Asa et Baescha, roi d'Israël, pendant toute leur vie.

33. La troisième année d'Asa, roi de Juda, Baescha, fils d'Achija, régna sur tout Israël à Thirtsa. Il régna vingt-quatre ans.

34. Il fit ce qui est mal aux yeux de l'Éternel, et il marcha dans la voie de Jéroboam, se livrant aux péchés que Jéroboam avait fait commettre à Israël.

Rois I.16

1. La parole de l'Éternel fut ainsi adressée à Jéhu, fils de Hanani, contre Baescha :

2. Je t'ai élevé de la poussière, et je t'ai établi chef de mon peuple d'Israël ; mais parce que tu as marché dans la voie de Jéroboam, et que tu as fait pécher mon peuple d'Israël, pour m'irriter par leurs péchés,

3. voici, je vais balayer Baescha et sa maison, et je rendrai ta maison semblable à la maison de Jéroboam, fils de Nebath.

4. Celui de la maison de Baescha qui mourra dans la ville sera mangé par les chiens, et celui des siens qui mourra dans les champs sera mangé par les oiseaux du ciel.

5. Le reste des actions de Baescha, ce qu'il a fait, et ses exploits, cela n'est-il pas écrit dans le livre des Chroniques des rois d'Israël ?

6. Baescha se coucha avec ses pères, et il fut enterré à Thirtsa. Et Éla, son fils, régna à sa place.

7. La parole de l'Éternel s'était manifestée par le prophète Jéhu, fils de Hanani, contre Baescha et contre sa maison, soit à cause de tout le mal qu'il avait fait sous les yeux de l'Éternel, en l'irritant par l'oeuvre de ses mains et en devenant semblable à la maison de Jéroboam, soit parce qu'il avait frappé la maison de Jéroboam.

8. La vingt-sixième année d'Asa, roi de Juda, Éla, fils de Baescha, régna sur Israël à Thirtsa. Il régna deux ans.

9. Son serviteur Zimri, chef de la moitié des chars, conspira contre lui. Éla était à Thirtsa, buvant et s'enivrant dans la maison d'Artsa, chef de la maison du roi à Thirtsa.

10. Zimri entra, le frappa et le tua, la vingt-septième année d'Asa, roi

de Juda, et il régna à sa place.

11. Lorsqu'il fut roi et qu'il fut assis sur son trône, il frappa toute la maison de Baescha, il ne laissa échapper personne qui lui appartînt, ni parent ni ami.

12. Zimri détruisit toute la maison de Baescha, selon la parole que l'Éternel avait dite contre Baescha par Jéhu, le prophète,

13. à cause de tous les péchés que Baescha et Éla, son fils, avaient commis et qu'ils avaient fait commettre à Israël, irritant par leurs idoles l'Éternel, le Dieu d'Israël.

14. Le reste des actions d'Éla, et tout ce qu'il a fait, cela n'est-il pas écrit dans le livre des Chroniques des rois d'Israël ?

15. La vingt-septième année d'Asa, roi de Juda, Zimri régna sept jours à Thirtsa. Le peuple campait contre Guibbethon, qui appartenait aux Philistins.

16. Et le peuple qui campait apprit cette nouvelle : Zimri a conspiré, et même il a tué le roi ! Et ce jour-là, tout Israël établit dans le camp pour roi d'Israël Omri, chef de l'armée.

17. Omri et tout Israël avec lui partirent de Guibbethon, et ils assiégèrent Thirtsa.

18. Zimri, voyant que la ville était prise, se retira dans le palais de la maison du roi, et brûla sur lui la maison du roi.

19. C'est ainsi qu'il mourut, à cause des péchés qu'il avait commis en faisant ce qui est mal aux yeux de l'Éternel, en marchant dans la voie de Jéroboam, et en se livrant aux péchés que Jéroboam avait commis pour faire pécher Israël.

20. Le reste des actions de Zimri, et la conspiration qu'il forma, cela n'est-il pas écrit dans le livre des Chroniques des rois d'Israël ?

21. Alors le peuple d'Israël se divisa en deux partis : une moitié du peuple voulait faire roi Thibni, fils de Guinath, et l'autre moitié était pour Omri.

22. Ceux qui suivaient Omri l'emportèrent sur ceux qui suivaient Thibni, fils de Guinath. Thibni mourut, et Omri régna.

23. La trente et unième année d'Asa, roi de Juda, Omri régna sur Israël. Il régna douze ans. Après avoir régné six ans à Thirtsa,

24. il acheta de Schémer la montagne de Samarie pour deux talents d'argent ; il bâtit sur la montagne, et il donna à la ville qu'il bâtit le nom de Samarie, d'après le nom de Schémer, seigneur de la montagne.

25. Omri fit ce qui est mal aux yeux de l'Éternel, et il agit plus mal que tous ceux qui avaient été avant lui.

26. Il marcha dans toute la voie de Jéroboam, fils de Nebath, et se livra aux péchés que Jéroboam avait fait commettre à Israël, irritant par leurs idoles l'Éternel, le Dieu d'Israël.

27. Le reste des actions d'Omri, ce qu'il a fait, et ses exploits, cela n'est-il pas écrit dans le livre des Chroniques des rois d'Israël ?

28. Omri se coucha avec ses pères, et il fut enterré à Samarie. Et Achab, son fils, régna à sa place.

29. Achab, fils d'Omri, régna sur Israël, la trente-huitième année d'Asa, roi de Juda. Achab, fils d'Omri, régna vingt-deux ans sur Israël à Samarie.

30. Achab, fils d'Omri, fit ce qui est mal aux yeux de l'Éternel, plus que tous ceux qui avaient été avant lui.

31. Et comme si c'eût été pour lui peu de choses de se livrer aux péchés de Jéroboam, fils de Nebath, il prit pour femme Jézabel, fille d'Ethbaal, roi des Sidoniens, et il alla servir Baal et se prosterner devant lui.

32. Il éleva un autel à Baal dans la maison de Baal qu'il bâtit à Samarie,

33. et il fit une idole d'Astarté. Achab fit plus encore que tous les rois d'Israël qui avaient été avant lui, pour irriter l'Éternel, le Dieu d'Israël.

34. De son temps, Hiel de Béthel bâtit Jéricho ; il en jeta les fondements au prix d'Abiram, son premier-né, et il en posa les portes aux prix de Segub, son plus jeune fils, selon la parole que l'Éternel avait dite par Josué, fils de Nun.

Rois I.17

1. Élie, le Thischbite, l'un des habitants de Galaad, dit à Achab :
L'Éternel est vivant, le Dieu d'Israël, dont je suis le serviteur ! il n'y
aura ces années-ci ni rosée ni pluie, sinon à ma parole.
2. Et la parole de l'Éternel fut adressée à Élie, en ces mots :
3. Pars d'ici, dirige-toi vers l'orient, et cache-toi près du torrent de
Kerith, qui est en face du Jourdain.
4. Tu boiras de l'eau du torrent, et j'ai ordonné aux corbeaux de te
nourrir là.
5. Il partit et fit selon la parole de l'Éternel, et il alla s'établir près du
torrent de Kerith, qui est en face du Jourdain.
6. Les corbeaux lui apportaient du pain et de la viande le matin, et du
pain et de la viande le soir, et il buvait de l'eau du torrent.
7. Mais au bout d'un certain temps le torrent fut à sec, car il n'était
point tombé de pluie dans le pays.
8. Alors la parole de l'Éternel lui fut adressée en ces mots :
9. Lève-toi, va à Sarepta, qui appartient à Sidon, et demeure là. Voici,
j'y ai ordonné à une femme veuve de te nourrir.
10. Il se leva, et il alla à Sarepta. Comme il arrivait à l'entrée de la
ville, voici, il y avait là une femme veuve qui ramassait du bois. Il
l'appela, et dit : Va me chercher, je te prie, un peu d'eau dans un vase,
afin que je boive.
11. Et elle alla en chercher. Il l'appela de nouveau, et dit : Apporte-
moi, je te prie, un morceau de pain dans ta main.
12. Et elle répondit : L'Éternel, ton Dieu, est vivant ! je n'ai rien de
cuit, je n'ai qu'une poignée de farine dans un pot et un peu d'huile
dans une cruche. Et voici, je ramasse deux morceaux de bois, puis je

rentrerai et je préparerai cela pour moi et pour mon fils ; nous mangerons, après quoi nous mourrons.

13. Élie lui dit : Ne crains point, rentre, fais comme tu as dit. Seulement, prépare-moi d'abord avec cela un petit gâteau, et tu me l'apporteras ; tu en feras ensuite pour toi et pour ton fils.

14. Car ainsi parle l'Éternel, le Dieu d'Israël : La farine qui est dans le pot ne manquera point et l'huile qui est dans la cruche ne diminuera point, jusqu'au jour où l'Éternel fera tomber de la pluie sur la face du sol.

15. Elle alla, et elle fit selon la parole d'Élie. Et pendant longtemps elle eut de quoi manger, elle et sa famille, aussi bien qu'Élie.

16. La farine qui était dans le pot ne manqua point, et l'huile qui était dans la cruche ne diminua point, selon la parole que l'Éternel avait prononcée par Élie.

17. Après ces choses, le fils de la femme, maîtresse de la maison, devint malade, et sa maladie fut si violente qu'il ne resta plus en lui de respiration.

18. Cette femme dit alors à Élie : Qu'y a-t-il entre moi et toi, homme de Dieu ? Es-tu venu chez moi pour rappeler le souvenir de mon iniquité, et pour faire mourir mon fils ?

19. Il lui répondit : Donne-moi ton fils. Et il le prit du sein de la femme, le monta dans la chambre haute où il demeurait, et le coucha sur son lit.

20. Puis il invoqua l'Éternel, et dit : Éternel, mon Dieu, est-ce que tu affligerais, au point de faire mourir son fils, même cette veuve chez qui j'ai été reçu comme un hôte ?

21. Et il s'étendit trois fois sur l'enfant, invoqua l'Éternel, et dit : Éternel, mon Dieu, je t'en prie, que l'âme de cet enfant revienne au dedans de lui !

22. L'Éternel écouta la voix d'Élie, et l'âme de l'enfant revint au dedans de lui, et il fut rendu à la vie.

23. Élie prit l'enfant, le descendit de la chambre haute dans la maison, et le donna à sa mère. Et Élie dit : Vois, ton fils est vivant.

24. Et la femme dit à Élie : Je reconnais maintenant que tu es un

homme de Dieu, et que la parole de l'Éternel dans ta bouche est vérité.

63

Rois I.18

1. Bien des jours s'écoulèrent, et la parole de l'Éternel fut ainsi adressée à Élie, dans la troisième année : Va, présente-toi devant Achab, et je ferai tomber de la pluie sur la face du sol.

2. Et Élie alla, pour se présenter devant Achab. La famine était grande à Samarie.

3. Et Achab fit appeler Abdias, chef de sa maison. -Or Abdias craignait beaucoup l'Éternel ;

4. et lorsque Jézabel extermina les prophètes de l'Éternel, Abdias prit cent prophètes qu'il cacha cinquante par cinquante dans une caverne, et il les avait nourris de pain et d'eau. -

5. Achab dit à Abdias : Va par le pays vers toutes les sources d'eau et vers tous les torrents ; peut-être se trouvera-t-il de l'herbe, et nous conserverons la vie aux chevaux et aux mulets, et nous n'aurons pas besoin d'abattre du bétail.

6. Ils se partagèrent le pays pour le parcourir ; Achab alla seul par un chemin, et Abdias alla seul par un autre chemin.

7. Comme Abdias était en route, voici, Élie le rencontra. Abdias, l'ayant reconnu, tomba sur son visage, et dit : Est-ce toi, mon seigneur Élie ?

8. Il lui répondit : C'est moi ; va, dis à ton maître : Voici Élie !

9. Et Abdias dit : Quel péché ai-je commis, pour que tu livres ton serviteur entre les mains d'Achab, qui me fera mourir ?

10. L'Éternel est vivant ! il n'est ni nation ni royaume où mon maître n'ait envoyé pour te chercher ; et quand on disait que tu n'y étais pas, il faisait jurer le royaume et la nation que l'on ne t'avait pas trouvé.

11. Et maintenant tu dis : Va, dis à ton maître : Voici Élie !

12. Puis, lorsque je t'aurai quitté l'esprit de l'Éternel te transportera je ne sais où ; et j'irai informer Achab, qui ne te trouvera pas, et qui me tuera. Cependant ton serviteur craint l'Éternel dès sa jeunesse.

13. N'a-t-on pas dit à mon seigneur ce que j'ai fait quand Jézabel tua les prophètes de l'Éternel ? J'ai caché cent prophètes de l'Éternel, cinquante par cinquante dans une caverne, et je les ai nourris de pain et d'eau.

14. Et maintenant tu dis : Va, dis à ton maître : Voici Élie ! Il me tuera.

15. Mais Élie dit : L'Éternel des armées, dont je suis le serviteur, est vivant ! aujourd'hui je me présenterai devant Achab.

16. Abdias, étant allé à la rencontre d'Achab, l'informa de la chose. Et Achab se rendit au-devant d'Élie.

17. A peine Achab aperçut-il Élie qu'il lui dit : Est-ce toi, qui jettes le trouble en Israël ?

18. Élie répondit : Je ne trouble point Israël ; c'est toi, au contraire, et la maison de ton père, puisque vous avez abandonné les commandements de l'Éternel et que tu es allé après les Baals.

19. Fais maintenant rassembler tout Israël auprès de moi, à la montagne du Carmel, et aussi les quatre cent cinquante prophètes de Baal et les quatre cents prophètes d'Astarté qui mangent à la table de Jézabel.

20. Achab envoya des messagers vers tous les enfants d'Israël, et il rassembla les prophètes à la montagne du Carmel.

21. Alors Élie s'approcha de tout le peuple, et dit : Jusqu'à quand clocherez-vous des deux côtés ? Si l'Éternel est Dieu, allez après lui ; si c'est Baal, allez après lui ! Le peuple ne lui répondit rien.

22. Et Élie dit au peuple : Je suis resté seul des prophètes de l'Éternel, et il y a quatre cent cinquante prophètes de Baal.

23. Que l'on nous donne deux taureaux ; qu'ils choisissent pour eux l'un des taureaux, qu'ils le coupent par morceaux, et qu'ils le placent sur le bois, sans y mettre le feu ; et moi, je préparerai l'autre taureau, et je le placerai sur le bois, sans y mettre le feu.

24. Puis invoquez le nom de votre dieu ; et moi, j'invoquerai le nom

de l'Éternel. Le dieu qui répondra par le feu, c'est celui-là qui sera Dieu. Et tout le peuple répondit, en disant : C'est bien !

25. Élie dit aux prophètes de Baal : Choisissez pour vous l'un des taureaux, préparez-le les premiers, car vous êtes les plus nombreux, et invoquez le nom de votre dieu ; mais ne mettez pas le feu.

26. Ils prirent le taureau qu'on leur donna, et le préparèrent ; et ils invoquèrent le nom de Baal, depuis le matin jusqu'à midi, en disant : Baal réponds nous ! Mais il n'y eut ni voix ni réponse. Et ils sautaient devant l'autel qu'ils avaient fait.

27. A midi, Élie se moqua d'eux, et dit : Criez à haute voix, puisqu'il est dieu ; il pense à quelque chose, ou il est occupé, ou il est en voyage ; peut-être qu'il dort, et il se réveillera.

28. Et ils crièrent à haute voix, et ils se firent, selon leur coutume, des incisions avec des épées et avec des lances, jusqu'à ce que le sang coulât sur eux.

29. Lorsque midi fut passé, ils prophétisèrent jusqu'au moment de la présentation de l'offrande. Mais il n'y eut ni voix, ni réponse, ni signe d'attention.

30. Élie dit alors à tout le peuple : Approchez-vous de moi ! Tout le peuple s'approcha de lui. Et Élie rétablit l'autel de l'Éternel, qui avait été renversé.

31. Il prit douze pierres d'après le nombre des tribus des fils de Jacob, auquel l'Éternel avait dit : Israël sera ton nom ;

32. et il bâtit avec ces pierres un autel au nom de l'Éternel. Il fit autour de l'autel un fossé de la capacité de deux mesures de semence.

33. Il arrangea le bois, coupa le taureau par morceaux, et le plaça sur le bois.

34. Puis il dit : Remplissez d'eau quatre cruches, et versez-les sur l'holocauste et sur le bois. Il dit : Faites-le une seconde fois. Et ils le firent une seconde fois. Il dit : Faites-le une troisième fois. Et ils le firent une troisième fois.

35. L'eau coula autour de l'autel, et l'on remplit aussi d'eau le fossé.

36. Au moment de la présentation de l'offrande, Élie, le prophète, s'avança et dit : Éternel, Dieu d'Abraham, d'Isaac et d'Israël ! que l'on sache aujourd'hui que tu es Dieu en Israël, que je suis ton serviteur, et

que j'ai fait toutes ces choses par ta parole !
37. Réponds-moi, Éternel, réponds-moi, afin que ce peuple reconnaisse que c'est toi, Éternel, qui es Dieu, et que c'est toi qui ramènes leur coeur !

38. Et le feu de l'Éternel tomba, et il consuma l'holocauste, le bois, les pierres et la terre, et il absorba l'eau qui était dans le fossé.
39. Quand tout le peuple vit cela, ils tombèrent sur leur visage et dirent : C'est l'Éternel qui est Dieu ! C'est l'Éternel qui est Dieu !
40. Saisissez les prophètes de Baal, leur dit Élie ; qu'aucun d'eux n'échappe ! Et ils les saisirent. Élie les fit descendre au torrent de Kison, où il les égorgea.
41. Et Élie dit à Achab : Monte, mange et bois ; car il se fait un bruit qui annonce la pluie.
42. Achab monta pour manger et pour boire. Mais Élie monta au sommet du Carmel ; et, se penchant contre terre, il mit son visage entre ses genoux,
43. et dit à son serviteur : Monte, regarde du côté de la mer. Le serviteur monta, il regarda, et dit : Il n'y a rien. Élie dit sept fois : Retourne.
44. A la septième fois, il dit : Voici un petit nuage qui s'élève de la mer, et qui est comme la paume de la main d'un homme. Élie dit : Monte, et dis à Achab : Attelle et descends, afin que la pluie ne t'arrête pas.
45. En peu d'instants, le ciel s'obscurcit par les nuages, le vent s'établit, et il y eut une forte pluie. Achab monta sur son char, et partit pour Jizreel.
46. Et la main de l'Éternel fut sur Élie, qui se ceignit les reins et courut devant Achab jusqu'à l'entrée de Jizreel.

Rois I.19

1. Achab rapporta à Jézabel tout ce qu'avait fait Élie, et comment il avait tué par l'épée tous les prophètes.

2. Jézabel envoya un messager à Élie, pour lui dire : Que les dieux me traitent dans toute leur rigueur, si demain, à cette heure, je ne fais de ta vie ce que tu as fait de la vie de chacun d'eux !

3. Élie, voyant cela, se leva et s'en alla, pour sauver sa vie. Il arriva à Beer Schéba, qui appartient à Juda, et il y laissa son serviteur.

4. Pour lui, il alla dans le désert où, après une journée de marche, il s'assit sous un genêt, et demanda la mort, en disant : C'est assez ! Maintenant, Éternel, prends mon âme, car je ne suis pas meilleur que mes pères.

5. Il se coucha et s'endormit sous un genêt. Et voici, un ange le toucha, et lui dit : Lève-toi, mange.

6. Il regarda, et il y avait à son chevet un gâteau cuit sur des pierres chauffées et une cruche d'eau. Il mangea et but, puis se recoucha.

7. L'ange de l'Éternel vint une seconde fois, le toucha, et dit : Lève-toi, mange, car le chemin est trop long pour toi.

8. Il se leva, mangea et but ; et avec la force que lui donna cette nourriture, il marcha quarante jours et quarante nuits jusqu'à la montagne de Dieu, à Horeb.

9. Et là, il entra dans la caverne, et il y passa la nuit. Et voici, la parole de l'Éternel lui fut adressée, en ces mots : Que fais-tu ici, Élie ?

10. Il répondit : J'ai déployé mon zèle pour l'Éternel, le Dieu des armées ; car les enfants d'Israël ont abandonné ton alliance, ils ont renversé tes autels, et ils ont tué par l'épée tes prophètes ; je suis

resté, moi seul, et ils cherchent à m'ôter la vie.

11. L'Éternel dit : Sors, et tiens-toi dans la montagne devant l'Éternel ! Et voici, l'Éternel passa. Et devant l'Éternel, il y eut un vent fort et violent qui déchirait les montagnes et brisait les rochers : l'Éternel n'était pas dans le vent. Et après le vent, ce fut un tremblement de terre : l'Éternel n'était pas dans le tremblement de terre.

12. Et après le tremblement de terre, un feu : l'Éternel n'était pas dans le feu. Et après le feu, un murmure doux et léger.

13. Quand Élie l'entendit, il s'enveloppa le visage de son manteau, il sortit et se tint à l'entrée de la caverne. Et voici, une voix lui fit entendre ces paroles : Que fais-tu ici, Élie ?

14. Il répondit : J'ai déployé mon zèle pour l'Éternel, le Dieu des armées ; car les enfants d'Israël ont abandonné ton alliance, ils ont renversé tes autels, et ils ont tué par l'épée tes prophètes ; je suis resté, moi seul, et ils cherchent à m'ôter la vie.

15. L'Éternel lui dit : Va, reprends ton chemin par le désert jusqu'à Damas ; et quand tu seras arrivé, tu oindras Hazaël pour roi de Syrie.

16. Tu oindras aussi Jéhu, fils de Nimschi, pour roi d'Israël ; et tu oindras Élisée, fils de Schaphath, d'Abel Mehola, pour prophète à ta place.

17. Et il arrivera que celui qui échappera à l'épée de Hazaël, Jéhu le fera mourir ; et celui qui échappera à l'épée de Jéhu, Élisée le fera mourir.

18. Mais je laisserai en Israël sept mille hommes, tous ceux qui n'ont point fléchi les genoux devant Baal, et dont la bouche ne l'a point baisé.

19. Élie partit de là, et il trouva Élisée, fils de Schaphath, qui labourait. Il y avait devant lui douze paires de boeufs, et il était avec la douzième. Élie s'approcha de lui, et il jeta sur lui son manteau.

20. Élisée, quittant ses boeufs, courut après Élie, et dit : Laisse-moi embrasser mon père et ma mère, et je te suivrai. Élie lui répondit : Va, et reviens ; car pense à ce que je t'ai fait.

21. Après s'être éloigné d'Élie, il revint prendre une paire de boeufs,

qu'il offrit en sacrifice ; avec l'attelage des boeufs, il fit cuire leur chair, et la donna à manger au peuple. Puis il se leva, suivit Élie, et fut à son service.

Rois I.20

1. Ben Hadad, roi de Syrie, rassembla toute son armée ; il avait avec lui trente-deux rois, des chevaux et des chars. Il monta, mit le siège devant Samarie et l'attaqua.

2. Il envoya dans la ville des messagers à Achab, roi d'Israël,

3. et lui fit dire : Ainsi parle Ben Hadad : Ton argent et ton or sont à moi, tes femmes et tes plus beaux enfants sont à moi.

4. Le roi d'Israël répondit : Roi, mon seigneur, comme tu le dis, je suis à toi avec tout ce que j'ai.

5. Les messagers retournèrent, et dirent : Ainsi parle Ben Hadad : Je t'ai fait dire : Tu me livreras ton argent et ton or, tes femmes et tes enfants.

6. J'enverrai donc demain, à cette heure, mes serviteurs chez toi ; ils fouilleront ta maison et les maisons de tes serviteurs, ils mettront la main sur tout ce que tu as de précieux, et ils l'emporteront.

7. Le roi d'Israël appela tous les anciens du pays, et il dit : Sentez bien et comprenez que cet homme nous veut du mal ; car il m'a envoyé demander mes femmes et mes enfants, mon argent et mon or, et je ne lui avais pas refusé !

8. Tous les anciens et tout le peuple dirent à Achab : Ne l'écoute pas et ne consens pas.

9. Et il dit aux messagers de Ben Hadad : Dites à mon seigneur le roi : Je ferai tout ce que tu as envoyé demander à ton serviteur la première fois ; mais pour cette chose, je ne puis pas la faire. Les messagers s'en allèrent, et lui portèrent la réponse.

10. Ben Hadad envoya dire à Achab : Que les dieux me traitent dans

toute leur rigueur, si la poussière de Samarie suffit pour remplir le creux de la main de tout le peuple qui me suit !

11. Et le roi d'Israël répondit : Que celui qui revêt une armure ne se glorifie pas comme celui qui la dépose !

12. Lorsque Ben Hadad reçut cette réponse, il était à boire avec les rois sous les tentes, et il dit à ses serviteurs : Faites vos préparatifs ! Et ils firent leurs préparatifs contre la ville.

13. Mais voici, un prophète s'approcha d'Achab, roi d'Israël, et il dit : Ainsi parle l'Éternel : Vois-tu toute cette grande multitude ? Je vais la livrer aujourd'hui entre tes mains, et tu sauras que je suis l'Éternel.

14. Achab dit : Par qui ? Et il répondit : Ainsi parle l'Éternel : Par les serviteurs des chefs des provinces. Achab dit : Qui engagera le combat ? Et il répondit : Toi.

15. Alors Achab passa en revue les serviteurs des chefs des provinces, et il s'en trouva deux cent trente-deux ; et après eux, il passa en revue tout le peuple, tous les enfants d'Israël, et ils étaient sept mille.

16. Ils firent une sortie à midi. Ben Hadad buvait et s'enivrait sous les tentes avec les trente-deux rois, ses auxiliaires.

17. Les serviteurs des chefs des provinces sortirent les premiers. Ben Hadad s'informa, et on lui fit ce rapport : Des hommes sont sortis de Samarie.

18. Il dit : S'ils sortent pour la paix, saisissez-les vivants ; et s'ils sortent pour le combat, saisissez-les vivants.

19. Lorsque les serviteurs des chefs des provinces et l'armée qui les suivait furent sortis de la ville,

20. chacun frappa son homme, et les Syriens prirent la fuite. Israël les poursuivit. Ben Hadad, roi de Syrie, se sauva sur un cheval, avec des cavaliers.

21. Le roi d'Israël sortit, frappa les chevaux et les chars, et fit éprouver aux Syriens une grande défaite.

22. Alors le prophète s'approcha du roi d'Israël, et lui dit : Va, fortifie toi, examine et vois ce que tu as à faire ; car, au retour de l'année, le roi de Syrie montera contre toi.

23. Les serviteurs du roi de Syrie lui dirent : Leur dieu est un dieu de

montagnes ; c'est pourquoi ils ont été plus forts que nous. Mais combattons-les dans la plaine, et l'on verra si nous ne serons pas plus forts qu'eux.

24. Fais encore ceci : ôte chacun des rois de son poste, et remplace-les par des chefs ;

25. et forme-toi une armée pareille à celle que tu as perdue, avec autant de chevaux et autant de chars. Puis nous les combattrons dans la plaine, et l'on verra si nous ne serons pas plus forts qu'eux. Il les écouta, et fit ainsi.

26. L'année suivante, Ben Hadad passa les Syriens en revue, et monta vers Aphek pour combattre Israël.

27. Les enfants d'Israël furent aussi passés en revue ; ils reçurent des vivres, et ils marchèrent à la rencontre des Syriens. Ils campèrent vis-à-vis d'eux, semblables à deux petits troupeaux de chèvres, tandis que les Syriens remplissaient le pays.

28. L'homme de Dieu s'approcha, et dit au roi d'Israël : Ainsi parle l'Éternel : Parce que les Syriens ont dit : L'Éternel est un dieu des montagnes et non un dieu des vallées, je livrerai toute cette grande multitude entre tes mains, et vous saurez que je suis l'Éternel.

29. Ils campèrent sept jours en face les uns des autres. Le septième jour, le combat s'engagea, et les enfants d'Israël tuèrent aux Syriens cent mille hommes de pied en un jour.

30. Le reste s'enfuit à la ville d'Aphek, et la muraille tomba sur vingt-sept mille hommes qui restaient. Ben Hadad s'était réfugié dans la ville, où il allait de chambre en chambre.

31. Ses serviteurs lui dirent : Voici, nous avons appris que les rois de la maison d'Israël sont des rois miséricordieux ; nous allons mettre des sacs sur nos reins et des cordes à nos têtes, et nous sortirons vers le roi d'Israël : peut-être qu'il te laissera la vie.

32. Ils se mirent des sacs autour des reins et des cordes autour de la tête, et ils allèrent auprès du roi d'Israël. Ils dirent : Ton serviteur Ben Hadad dit : Laisse-moi la vie ! Achab répondit : Est-il encore vivant ? Il est mon frère.

33. Ces hommes tirèrent de là un bon augure, et ils se hâtèrent de le prendre au mot et de dire : Ben Hadad est ton frère ! Et il dit : Allez,

amenez-le. Ben Hadad vint vers lui, et Achab le fit monter sur son char.

34. Ben Hadad lui dit : Je te rendrai les villes que mon père a prises à ton père ; et tu établiras pour toi des rues à Damas, comme mon père en avait établies à Samarie. Et moi, reprit Achab, je te laisserai aller, en faisant une alliance. Il fit alliance avec lui, et le laissa aller.

35. L'un des fils des prophètes dit à son compagnon, d'après l'ordre de l'Éternel : Frappe-moi, je te prie ! Mais cet homme refusa de le frapper.

36. Alors il lui dit : Parce que tu n'as pas obéi à la voix de l'Éternel, voici, quand tu m'auras quitté, le lion te frappera. Et quand il l'eut quitté, le lion le rencontra et le frappa.

37. Il trouva un autre homme, et il dit : Frappe-moi, je te prie ! Cet homme le frappa et le blessa.

38. Le prophète alla se placer sur le chemin du roi, et il se déguisa avec un bandeau sur les yeux.

39. Lorsque le roi passa, il cria vers lui, et dit : Ton serviteur était au milieu du combat ; et voici, un homme s'approche et m'amène un homme, en disant : Garde cet homme ; s'il vient à manquer, ta vie répondra de sa vie, ou tu paieras un talent d'argent !

40. Et pendant que ton serviteur agissait çà et là, l'homme a disparu. Le roi d'Israël lui dit : C'est là ton jugement ; tu l'as prononcé toi-même.

41. Aussitôt le prophète ôta le bandeau de dessus ses yeux, et le roi d'Israël le reconnut pour l'un des prophètes.

42. Il dit alors au roi : Ainsi parle l'Éternel : Parce que tu as laissé échapper de tes mains l'homme que j'avais dévoué par interdit, ta vie répondra de sa vie, et ton peuple de son peuple.

43. Le roi d'Israël s'en alla chez lui, triste et irrité, et il arriva à Samarie.

Rois I.21

1. Après ces choses, voici ce qui arriva. Naboth, de Jizreel, avait une vigne à Jizreel, à côté du palais d'Achab, roi de Samarie.

2. Et Achab parla ainsi à Naboth : Cède-moi ta vigne, pour que j'en fasse un jardin potager, car elle est tout près de ma maison. Je te donnerai à la place une vigne meilleure ; ou, si cela te convient, je te paierai la valeur en argent.

3. Mais Naboth répondit à Achab : Que l'Éternel me garde de te donner l'héritage de mes pères !

4. Achab rentra dans sa maison, triste et irrité, à cause de cette parole que lui avait dite Naboth de Jizreel : Je ne te donnerai pas l'héritage de mes pères ! Et il se coucha sur son lit, détourna le visage, et ne mangea rien.

5. Jézabel, sa femme, vint auprès de lui, et lui dit : Pourquoi as-tu l'esprit triste et ne manges-tu point ?

6. Il lui répondit : J'ai parlé à Naboth de Jizreel, et je lui ai dit : Cède-moi ta vigne pour de l'argent ; ou, si tu veux, je te donnerai une autre vigne à la place. Mais il a dit : Je ne te donnerai pas ma vigne !

7. Alors Jézabel, sa femme, lui dit : Est-ce bien toi maintenant qui exerces la souveraineté sur Israël ? Lève-toi, prends de la nourriture, et que ton coeur se réjouisse ; moi, je te donnerai la vigne de Naboth de Jizreel.

8. Et elle écrivit au nom d'Achab des lettres qu'elle scella du sceau d'Achab, et qu'elle envoya aux anciens et aux magistrats qui habitaient avec Naboth dans sa ville.

9. Voici ce qu'elle écrivit dans ces lettres : Publiez un jeûne ; placez

Naboth à la tête du peuple,

10. et mettez en face de lui deux méchants hommes qui déposeront ainsi contre lui : Tu as maudit Dieu et le roi ! Puis menez-le dehors, lapidez-le, et qu'il meure.

11. Les gens de la ville de Naboth, les anciens et les magistrats qui habitaient dans la ville, agirent comme Jézabel le leur avait fait dire, d'après ce qui était écrit dans les lettres qu'elle leur avait envoyées.

12. Ils publièrent un jeûne, et ils placèrent Naboth à la tête du peuple ;

13. les deux méchants hommes vinrent se mettre en face de lui, et ces méchants hommes déposèrent ainsi devant le peuple contre Naboth : Naboth a maudit Dieu et le roi ! Puis ils le menèrent hors de la ville, ils le lapidèrent, et il mourut.

14. Et ils envoyèrent dire à Jézabel : Naboth a été lapidé, et il est mort.

15. Lorsque Jézabel apprit que Naboth avait été lapidé et qu'il était mort, elle dit à Achab : Lève-toi, prends possession de la vigne de Naboth de Jizreel, qui a refusé de te la céder pour de l'argent ; car Naboth n'est plus en vie, il est mort.

16. Achab, entendant que Naboth était mort, se leva pour descendre à la vigne de Naboth de Jizreel, afin d'en prendre possession.

17. Alors la parole de l'Éternel fut adressée à Élie, le Thischbite, en ces mots :

18. Lève-toi, descends au-devant d'Achab, roi d'Israël à Samarie ; le voilà dans la vigne de Naboth, où il est descendu pour en prendre possession.

19. Tu lui diras : Ainsi parle l'Éternel : N'es-tu pas un assassin et un voleur ? Et tu lui diras : Ainsi parle l'Éternel : Au lieu même où les chiens ont léché le sang de Naboth, les chiens lécheront aussi ton propre sang.

20. Achab dit à Élie : M'as-tu trouvé, mon ennemi ? Et il répondit : Je t'ai trouvé, parce que tu t'es vendu pour faire ce qui est mal aux yeux de l'Éternel.

21. Voici, je vais faire venir le malheur sur toi ; je te balaierai, j'exterminerai quiconque appartient à Achab, celui qui est esclave et

celui qui est libre en Israël,

22. et je rendrai ta maison semblable à la maison de Jéroboam, fils de Nebath, et à la maison de Baescha, fils d'Achija, parce que tu m'as irrité et que tu as fais pécher Israël.

23. L'Éternel parle aussi sur Jézabel, et il dit : Les chiens mangeront Jézabel près du rempart de Jizreel.

24. Celui de la maison d'Achab qui mourra dans la ville sera mangé par les chiens, et celui qui mourra dans les champs sera mangé par les oiseaux du ciel.

25. Il n'y a eu personne qui se soit vendu comme Achab pour faire ce qui est mal aux yeux de l'Éternel, et Jézabel, sa femme, l'y excitait.

26. Il a agi de la manière la plus abominable, en allant après les idoles, comme le faisaient les Amoréens, que l'Éternel chassa devant les enfants d'Israël.

27. Après avoir entendu les paroles d'Élie, Achab déchira ses vêtements, il mit un sac sur son corps, et il jeûna ; il couchait avec ce sac, et il marchait lentement.

28. Et la parole de l'Éternel fut adressée à Élie, le Thischbite, en ces mots :

29. As-tu vu comment Achab s'est humilié devant moi ? Parce qu'il s'est humilié devant moi, je ne ferai pas venir le malheur pendant sa vie ; ce sera pendant la vie de son fils que je ferai venir le malheur sur sa maison.

Rois I.22

1. On resta trois ans sans qu'il y eût guerre entre la Syrie et Israël.

2. La troisième année, Josaphat, roi de Juda, descendit auprès du roi d'Israël.

3. Le roi d'Israël dit à ses serviteurs : Savez-vous que Ramoth en Galaad est à nous ? Et nous ne nous inquiétons pas de la reprendre des mains du roi de Syrie !

4. Et il dit à Josaphat : Veux-tu venir avec moi attaquer Ramoth en Galaad ? Josaphat répondit au roi d'Israël : Nous irons, moi comme toi, mon peuple comme ton peuple, mes chevaux comme tes chevaux.

5. Puis Josaphat dit au roi d'Israël : Consulte maintenant, je te prie, la parole de l'Éternel.

6. Le roi d'Israël assembla les prophètes, au nombre d'environ quatre cents, et leur dit : Irai-je attaquer Ramoth en Galaad, ou dois-je y renoncer ? Et ils répondirent : Monte, et le Seigneur la livrera entre les mains du roi.

7. Mais Josaphat dit : N'y a-t-il plus ici aucun prophète de l'Éternel, par qui nous puissions le consulter ?

8. Le roi d'Israël répondit à Josaphat : Il y a encore un homme par qui l'on pourrait consulter l'Éternel ; mais je le hais, car il ne me prophétise rien de bon, il ne prophétise que du mal : c'est Michée, fils de Jimla. Et Josaphat dit : Que le roi ne parle pas ainsi !

9. Alors le roi d'Israël appela un eunuque, et dit : Fais venir de suite Michée, fils de Jimla.

10. Le roi d'Israël et Josaphat, roi de Juda, étaient assis chacun sur son trône, revêtus de leurs habits royaux, dans la place à l'entrée de la

porte de Samarie. Et tous les prophètes prophétisaient devant eux.

11. Sédécias, fils de Kenaana, s'était fait des cornes de fer, et il dit : Ainsi parle l'Éternel : Avec ces cornes tu frapperas les Syriens jusqu'à les détruire.

12. Et tous les prophètes prophétisaient de même, en disant : Monte à Ramoth en Galaad ! tu auras du succès, et l'Éternel la livrera entre les mains du roi.

13. Le messager qui était allé appeler Michée lui parla ainsi : Voici, les prophètes, d'un commun accord, prophétisent du bien au roi ; que ta parole soit donc comme la parole de chacun d'eux ! annonce du bien !

14. Michée répondit : L'Éternel est vivant ! j'annoncerai ce que l'Éternel me dira.

15. Lorsqu'il fut arrivé auprès du roi, le roi lui dit : Michée, irons-nous attaquer Ramoth en Galaad, ou devons-nous y renoncer ? Il lui répondit : Monte ! tu auras du succès, et l'Éternel la livrera entre les mains du roi.

16. Et le roi lui dit : Combien de fois me faudra-t-il te faire jurer de ne me dire que la vérité au nom de l'Éternel ?

17. Michée répondit : Je vois tout Israël dispersé sur les montagnes, comme des brebis qui n'ont point de berger ; et l'Éternel dit : Ces gens n'ont point de maître, que chacun retourne en paix dans sa maison !

18. Le roi d'Israël dit à Josaphat : Ne te l'ai-je pas dit ? Il ne prophétise sur moi rien de bon, il ne prophétise que du mal.

19. Et Michée dit : Écoute donc la parole de l'Éternel ! J'ai vu l'Éternel assis sur son trône, et toute l'armée des cieux se tenant auprès de lui, à sa droite et à sa gauche.

20. Et l'Éternel dit : Qui séduira Achab, pour qu'il monte à Ramoth en Galaad et qu'il y périsse ? Ils répondirent l'un d'une manière, l'autre d'une autre.

21. Et un esprit vint se présenter devant l'Éternel, et dit : Moi, je le séduirai. L'Éternel lui dit : Comment ?

22. Je sortirai, répondit-il, et je serai un esprit de mensonge dans la

bouche de tous ses prophètes. L'Éternel dit : Tu le séduiras, et tu en viendras à bout ; sors, et fais ainsi !

23. Et maintenant, voici, l'Éternel a mis un esprit de mensonge dans la bouche de tous tes prophètes qui sont là. Et l'Éternel a prononcé du mal contre toi.

24. Alors Sédécias, fils de Kenaana, s'étant approché, frappa Michée sur la joue, et dit : Par où l'esprit de l'Éternel est-il sorti de moi pour te parler ?

25. Michée répondit : Tu le verras au jour où tu iras de chambre en chambre pour te cacher.

26. Le roi d'Israël dit : Prends Michée, et emmène-le vers Amon, chef de la ville, et vers Joas, fils du roi.

27. Tu diras : Ainsi parle le roi : Mettez cet homme en prison, et nourrissez-le du pain et de l'eau d'affliction, jusqu'à ce que je revienne en paix.

28. Et Michée dit : Si tu reviens en paix, l'Éternel n'a point parlé par moi. Il dit encore : Vous tous, peuples, entendez !

29. Le roi d'Israël et Josaphat, roi de Juda, montèrent à Ramoth en Galaad.

30. Le roi d'Israël dit à Josaphat : Je veux me déguiser pour aller au combat ; mais toi, revêts-toi de tes habits. Et le roi d'Israël se déguisa, et alla au combat.

31. Le roi de Syrie avait donné cet ordre aux trente-deux chefs de ses chars : Vous n'attaquerez ni petits ni grands, mais vous attaquerez seulement le roi d'Israël.

32. Quand les chefs des chars aperçurent Josaphat, ils dirent : Certainement, c'est le roi d'Israël. Et ils s'approchèrent de lui pour l'attaquer. Josaphat poussa un cri.

33. Les chefs des chars, voyant que ce n'était pas le roi d'Israël, s'éloignèrent de lui.

34. Alors un homme tira de son arc au hasard, et frappa le roi d'Israël au défaut de la cuirasse. Le roi dit à celui qui dirigeait son char : Tourne, et fais-moi sortir du champ de bataille, car je suis blessé.

35. Le combat devint acharné ce jour-là. Le roi fut retenu dans son char en face des Syriens, et il mourut le soir. Le sang de la blessure

coula dans l'intérieur du char.

36. Au coucher du soleil, on cria par tout le camp : Chacun à sa ville et chacun dans son pays !

37. Ainsi mourut le roi, qui fut ramené à Samarie ; et on enterra le roi à Samarie.

38. Lorsqu'on lava le char à l'étang de Samarie, les chiens léchèrent le sang d'Achab, et les prostituées s'y baignèrent, selon la parole que l'Éternel avait prononcée.

39. Le reste des actions d'Achab, tout ce qu'il a fait, la maison d'ivoire qu'il construisit, et toutes les villes qu'il a bâties, cela n'est-il pas écrit dans le livre des Chroniques des rois d'Israël ?

40. Achab se coucha avec ses pères. Et Achazia, son fils, régna à sa place.

41. Josaphat, fils d'Asa, régna sur Juda, la quatrième année d'Achab, roi d'Israël.

42. Josaphat avait trente-cinq ans lorsqu'il devint roi, et il régna vingt cinq ans à Jérusalem. Sa mère s'appelait Azuba, fille de Schilchi.

43. Il marcha dans toute la voie d'Asa, son père, et ne s'en détourna point, faisant ce qui est droit aux yeux de l'Éternel. (22 :44) Seulement, les hauts lieux ne disparurent point ; le peuple offrait encore des sacrifices et des parfums sur les hauts lieux.

44. (22 :45) Josaphat fut en paix avec le roi d'Israël.

45. (22 :46) Le reste des actions de Josaphat, ses exploits et ses guerres, cela n'est-il pas écrit dans le livre des Chroniques des rois de Juda ?

46. (22 :47) Il ôta du pays le reste des prostitués, qui s'y trouvaient encore depuis le temps d'Asa, son père.

47. (22 :48) Il n'y avait point de roi en Édom : c'était un intendant qui gouvernait.

48. (22 :49) Josaphat construisit des navires de Tarsis pour aller à Ophir chercher de l'or ; mais il n'y alla point, parce que les navires se brisèrent à Etsjon Guéber.

49. (22 :50) Alors Achazia, fils d'Achab, dit à Josaphat : Veux-tu que mes serviteurs aillent avec les tiens sur des navires ? Et Josaphat ne voulut pas.

50. (22 :51) Josaphat se coucha avec ses pères, et il fut enterré avec ses pères dans la ville de David, son père. Et Joram, son fils, régna à sa place.

51. (22 :52) Achazia, fils d'Achab, régna sur Israël à Samarie, la dix-septième année de Josaphat, roi de Juda. Il régna deux ans sur Israël.
52. (22 :53) Il fit ce qui est mal aux yeux de l'Éternel, et il marcha dans la voie de son père et dans la voie de sa mère, et dans la voie de Jéroboam, fils de Nebath, qui avait fait pécher Israël.
53. (22 :54) Il servit Baal et se prosterna devant lui, et il irrita l'Éternel, le Dieu d'Israël, comme avait fait son père.